大家小书

《水浒传》考证

胡适 著

北京出版集团公司
北京出版社

图书在版编目（CIP）数据

《水浒传》考证 / 胡适著. — 北京：北京出版社，2020.3
（大家小书）
ISBN 978-7-200-14995-1

Ⅰ.①水… Ⅱ.①胡… Ⅲ.①《水浒》研究 Ⅳ.①I207.412

中国版本图书馆CIP数据核字（2019）第088121号

总 策 划：安 东 高立志　责任编辑：王铁英

· 大家小书 ·

《水浒传》考证
《SHUIHUZHUAN》KAOZHENG
胡适 著

出　　版	北京出版集团公司
	北京出版社
地　　址	北京北三环中路6号
邮　　编	100120
网　　址	www.bph.com.cn
总 发 行	北京出版集团公司
印　　刷	北京华联印刷有限公司
经　　销	新华书店
开　　本	880毫米×1230毫米　1/32
印　　张	6.25
字　　数	73千字
版　　次	2020年3月第1版
印　　次	2023年2月第2次印刷
书　　号	ISBN 978-7-200-14995-1
定　　价	45.00元

如有印装质量问题，由本社负责调换
质量监督电话　010-58572393

总　序

袁行霈

"大家小书",是一个很俏皮的名称。此所谓"大家",包括两方面的含义:一、书的作者是大家;二、书是写给大家看的,是大家的读物。所谓"小书"者,只是就其篇幅而言,篇幅显得小一些罢了。若论学术性则不但不轻,有些倒是相当重。其实,篇幅大小也是相对的,一部书十万字,在今天的印刷条件下,似乎算小书,若在老子、孔子的时代,又何尝就小呢?

编辑这套丛书,有一个用意就是节省读者的时间,让读者在较短的时间内获得较多的知识。在信息爆炸的时代,人们要学的东西太多了。补习,遂成为经常的需要。如果不善于补习,东抓一把,西抓一把,今天补这,明天补那,效果未必很好。如果把读书当成吃补药,还会失去读书时应有的那份从容和快乐。这套丛书每本的篇幅都小,读者即使细细地阅读慢慢地体味，也花不了多少时间，可以充分享受读书的乐趣。如果把它们当成补药来吃也行，剂量小，吃起来方便，消化起来也容易。

我们还有一个用意，就是想做一点文化积累的工作。把那些经过时间考验的、读者认同的著作，搜集到一起印刷出版，使之不至于泯没。有些书曾经畅销一时，但现在已经不容易得到；有些书当时或许没有引起很多人注意，但时间证明它们价值不菲。这两类书都需要挖掘出来，让它们重现光芒。科技类的图书偏重实用，一过时就不会有太多读者了，除了研究科技史的人还要用到之外。人文科学则不然，有许多书是常读常新的。然而，这套丛书也不都是旧书的重版，我们也想请一些著名的学者新写一些学术性和普及性兼备的小书，以满足读者日益增长的需求。

"大家小书"的开本不大，读者可以揣进衣兜里，随时随地掏出来读上几页。在路边等人的时候，在排队买戏票的时候，在车上、在公园里，都可以读。这样的读者多了，会为社会增添一些文化的色彩和学习的气氛，岂不是一件好事吗？

"大家小书"出版在即，出版社同志命我撰序说明原委。既然这套丛书标示书之小，序言当然也应以短小为宜。该说的都说了，就此搁笔吧。

新眼界·新气度·新理念
——重温胡适的《〈水浒传〉考证》

刘勇强

二十世纪二十年代，亚东图书馆出版校点本明清小说，推动了明清小说的传播与研究以及小说史学科的建立。在这个过程中，胡适扮演了最为突出的角色，他的《中国章回小说考证》一书就是这一文学与学术事件的成果。其中有关《红楼梦》考证，奠定了"新红学"的基础，素为学人称道。而他有关《水浒传》的考证，也自成系列，对这部小说研究的展开，同样具有开创性的作用。事实上，他的《〈水浒传〉考证》作于一九二〇年，比他的《〈红楼梦〉考证》还早一年。因此，胡适对《水浒传》的研究，从小说史学科的角度看，与他的《红楼梦》及其他小说一样，是有得风气之先的意义。

关于胡适考证《水浒传》的目的，本书最后一篇《介绍我自己的思想》说得非常清楚，那就是将其作为作思想学问的一个例子，通过科学的精神、态度和方法，寻求事实、寻求真理，而不至于被人蒙着眼睛牵着鼻子走。实际上，胡适的这一追求，在本书诸篇论文中也有明确的表示。因此，读者阅读本书，不妨先看一下胡适的这一夫子自道。

就《水浒传》考证本身而言，胡适的研究至少有三点值得关注。

首先是对《水浒传》产生与演变及版本进行了创新性的研究。胡适搜集了大量梁山英雄故事的史料，如据《宋史》等记载，认定宋江及其造反的真实存在；据周密《癸辛杂识》所载龚开《宋江三十六人赞》，证明宋江故事在南宋已发展到相当规模；结合《宣和遗事》和元代杂剧，探讨了水浒题材的具体情形与演变。在此基础上，胡适指出了梁山英雄故事产生的题材依据与社会心理：

> 《水浒传》不是青天白日里从半空中掉下来的，《水浒传》乃是从南宋初年（西历十二世纪初年）到明朝中叶（十五世纪末年）这四百年的"梁山泊故事"的结晶。（本书第10页）

（1）宋江等确有可以流传民间的事迹与威名；（2）南

宋偏安，中原失陷在异族手里，故当时人有想望英雄的心理；（3）南宋政治腐败，奸臣暴政使百姓怨恨，北方在异族统治之下受的痛苦更深，故南北都养成一种痛恨恶政治恶官吏的心理，由这种心理上生出崇拜草泽英雄的心理。（本书第13页）

这一认识深刻揭示了梁山故事形成与传播的历史基础与社会心理，对阐释《水浒传》的思想内涵与英雄品质，有重要的启发。

胡适对《水浒传》的版本也提出了自己的判断，针对鲁迅所主张的《水浒传》分简本和繁本两类、简本先于繁本的观点，他认为百十回本和百二十四回本等简本都是所谓坊贾的删节本，也可能存在繁先简后的情况。对一些具体情节与人物上的出入，他在《百二十回本〈忠义水浒传〉序》中，根据众英雄在征辽、征田虎王庆几无损失，而征方腊一役却损失过三分之二以及降将马灵、乔道清等在征方腊战役中没有任何表现这两点，指出相关情节是先后插入的，"大概最早的长篇，颇近于鲁迅先生假定的招安以后直接平方腊的本子，既无辽国，也无王庆、田虎"，并且征辽部分是"最晚出"（本书第143—144页）。

胡适对《水浒后传》及其作者陈忱的研究，在领域上，同样具有开拓性；在思路上，与他的《水浒传》考证也是一致的。

其次，对《水浒传》的思想艺术的分析，胡适也努力提出了诸多饶有新意的见解。

众所周知，在《水浒传》的评论史上，金圣叹占有极高的位置，他对《水浒传》的评点，代表了清代对这部小说最高的认识水平。从某种意义上说，正确评价金圣叹的《水浒传》评点，是对这部小说的思想艺术展开全新研究不能绕行的问题。这也是胡适的《〈水浒传〉考证》从讨论金圣叹入手的原型，他说：

> 金圣叹是十七世纪的一个大怪杰，他能在那个时代大胆宣言说《水浒》与《史记》《国策》有同等的文学价值，说施耐庵、董解元与庄周、屈原、司马迁、杜甫在文学史上占有同等的位置，说："天下之文章无有出《水浒》右者，天下之格物君子无有出施耐庵先生右者！"这是何等眼光！何等胆气！……这种文学眼光，在古人中很不可多得。（本书第1—2页）

这一评价，应该说是恰如其分的。金圣叹对《水浒传》的内涵做过深入的发掘，他揭示了《水浒传》"乱自上作"描写的意义，认为小说所体现了"庶人之议皆史也"的思想价值。这些看法，胡适也给予了充分的肯定。

不过,胡适对金圣叹解读《水浒传》的基本方法并不认可,他批评说:

> 金圣叹用了当时"选家"评文的眼光来逐句批评《水浒》,遂把一部《水浒》凌迟碎砍成了一部"十七世纪眉批夹注的白话文范"……这种机械的文评正是八股选家的流毒,读了不但没有益处,并且养成一种八股式的文学观念,是很有害的。(本书第2页)
>
> 金圣叹把《春秋》的"微言大义"用到《水浒》上去,故有许多极迂腐的议论。(本书第7页)
>
> 圣叹最爱谈"作史笔法",他却不幸没有历史的眼光,他不知道《水浒》的故事乃是四百年来老百姓不逐与文人发挥一肚皮宿怨的地方。宋、元人借这故事发挥他们的宿怨,故把一座强盗山变成替天行道的机关。明初人借它发挥宿怨,故写宋江等平四寇立大功之后反被政府陷害谋死。明朝中叶的人——所谓施耐庵——借它发挥他的一肚皮宿怨,故削去招安以后的事,作成一部纯粹反抗政府的书。(本书第68—69页)

虽然完全无视甚至一笔抹杀金圣叹在评点中的大量精彩见

解是不对的,但胡适这些针对金圣叹研究方法的批评,却是一针见血、发人深省的。

正因为有这种观念方法上的转变,胡适对《水浒传》思想内涵的认识就有了与前人不同的深刻之处。比如,他认为:"平定方腊以后的一段,写鲁智深之死,写燕青之去,写宋江之死,写徽宗梦游梁山泊,都颇有文学意味,可算是《忠义水浒传》后三十回中最精采的部分。"他觉得尤其是写宋江之死一节最好,"这种见解明明是对于明初杀害功臣有感而发的。因为这是种真的感慨,故那种幼稚的原本《水浒传》里也会有这样哀艳的文章"。这一论断,就小说的创作背景而言,或许还可以商榷,但从文学欣赏的角度来说,却是他将历史眼光与文学眼光相结合的宗旨。

与此同时,胡适对《水浒传》的文学性质有了更为科学的认识,比如他强调《水浒传》中最精采的部分就在于作者在不违背历史事实的基础上,运用了"新的创造的想象力";他又从小说与史书的区别、水浒题材作品的演变等角度,突出了小说细节的重要性:

《水浒》所以比《史记》更好,只在多了许多琐屑细节。《水浒》所以比《宣和遗事》更好,也只在多了许多琐屑细节……这都是文学由略而详,由粗枝大叶而琐屑细节的进步。(胡适:《论短篇小说》,《胡适文集》第二册,北京大学出版社1998年,第112页)

胡适还特别看重《水浒传》在白话文学发展中的地位,他说:"我们拿宋元时代那些幼稚的'梁山泊故事',来比较这部《水浒传》,我们不能不佩服'施耐庵'的大匠精神与大匠本领;我们不能不承认这四百年中白话文学的进步很可惊异!"(本书第63页)《水浒传》是"中国白话文学完全成立的一个大纪元"(本书第64页)。这一判断将《水浒传》置于白话文学发展的大趋势下加以认识和评价,今天看来也许平淡无奇,在当时却是代表了一种新的眼光。

因此,胡适的《水浒传》考证还有更高的追求,用他的话说,就是要"替将来的什么'《水浒》专门家'开辟一个新方向,打开一条新道路"(本书第10页)。这种新方向和新道路也许并不充分自觉与系统,但其中有一些理念却至今也没有过时,比如胡适说:

> 这种种不同的时代发生种种不同的文学见解,也发生种种不同的文学作物。这便是我要贡献给大家的一个根本

的文学观念。(本书第71页)

我主张让读者自己虚心去看《水浒传》,不必先怀着一些主观的成见。(本书第66页)

不但如此,如前所述,胡适对《水浒传》的考证,是与他对其他的明清章回小说考证联系在一起的,这些考证在整体上,代表了古代小说研究的一系列新理念,比如重视历史背景、故事源流、版本演变、文学性质等等,从而为小说史学科的建设,铺下了第一层基石。随着新文献的发现、学术的深入,胡适在《水浒传》研究中的具体观点,有可能被超越了,或被进一步发挥与完善了。实际上,胡适自己就不断修正了自己的看法,如他一度认定七十回本是古本,很快就放弃了这一观点。但胡适的考证在学术史上的意义却是不可替代的。尤其不可替代的是,它们曾是新文化运动的一部分,代表了近代以来对传统文化、特别是通俗文化的新认识。胡适在《文学改良刍议》中,将《红楼梦》《水浒传》等小说视为中国"文学正宗",为"吾国第一流小说",这种新眼界、新气度才应该是我们今天重温先贤著作时,最应该予以关注的。

2019年8月31日于奇子轩

目 录

001 / 《水浒传》考证

073 / 《水浒传》后考

101 / 附录:"致语"考

105 / 《水浒续集两种》序

127 / 百二十回本《忠义水浒传》序

171 / 《介绍我自己的思想》(摘录)

《水浒传》考证

（一）

我的朋友汪原放用新式标点符号把《水浒传》重新点读一遍，由上海亚东图书馆排印出版。这是用新［式］标点来翻印旧书的第一次。我可预料汪君这部书将来一定要成为新式标点符号的实用教本，它在教育上的效能一定比教育部颁行的新式标点符号原案还要大得多。汪君对于这书校读的细心，费的工夫之多，这都是我深知道并且深佩服的；我想这都是读者容易看得出的，不用我细说了。

这部书有一层大长处，就是把金圣叹的评和序都删去了。

金圣叹是十七世纪的一个大怪杰，他能在那个时代大胆宣言，说《水浒》与《史记》《国策》有同等的文学价值，说施耐庵、董解元与庄周、屈原、司马迁、杜甫在文学史上占同等的位置，说："天下之文章无有出《水浒》右者，天下之格物君子无有出施耐庵先生右者！"这是何等眼光！何等胆气！又如他的序里的一段："夫古人之才，世不相沿，人不相及：庄周有庄周之才，屈平有屈平之才，降而至于施耐庵有施耐庵之才，董解元有董解元之才。"这种文学眼光，在古人中很不可多得。又如他对他的儿子说："汝今年始十岁，便以此书（《水浒》）相授者，非过有所宠爱，或者教汝之道当如是也。……人生十岁，耳目渐吐，如日在东，光明发挥。如此书，吾即欲禁汝不见，亦岂可得？……今知不可相禁，而反出其旧所批释，脱然授之汝手。"这种见解，在今日还要吓倒许多老先生与少先生，何况三百年前呢？

但是金圣叹究竟是明末的人。那时代是"选家"最风行的时代；我们读吕用晦的文集，还可想见当时的时文大选家在文人界占的地位（参看《儒林外史》）。金圣叹用了当时"选家"评文的眼光来逐句批评《水浒》，遂把一部《水浒》凌迟碎砍，成了一部"十七世纪眉批夹注的白话文范"！例如圣叹最得意的批评是指出景阳冈一段连写十八次"哨棒"，紫石街一段连写十四次"帘子"和三十八次"笑"。圣叹说这是"草蛇灰线法"！这种机械的文评正是八股选家的流毒，读了不但没有益处，并且养成一种八股式的文学观念，是很有害的。

这部新本《水浒》的好处就在把文法的结构与章法的分段来代替那八股选家的机械的批评。即如第五回瓦官寺一段：

智深走到面前那和尚吃了一惊

金圣叹批道："写突如其来，只用二笔，两边声势都有。"

跳起身来便道请师兄坐同吃一盏智深提着禅杖道你这两个如何把寺来废了那和尚便道师兄请坐听小僧

圣叹批道："其语未毕。"

智深睁着眼道你说你说

圣叹批道："四字气忿如见。"

说在先敝寺……

圣叹批道："说字与上'听小僧'本是接着成句，智深自气忿忿在一边夹着'你说你说'耳。章法奇绝，从古未有。"

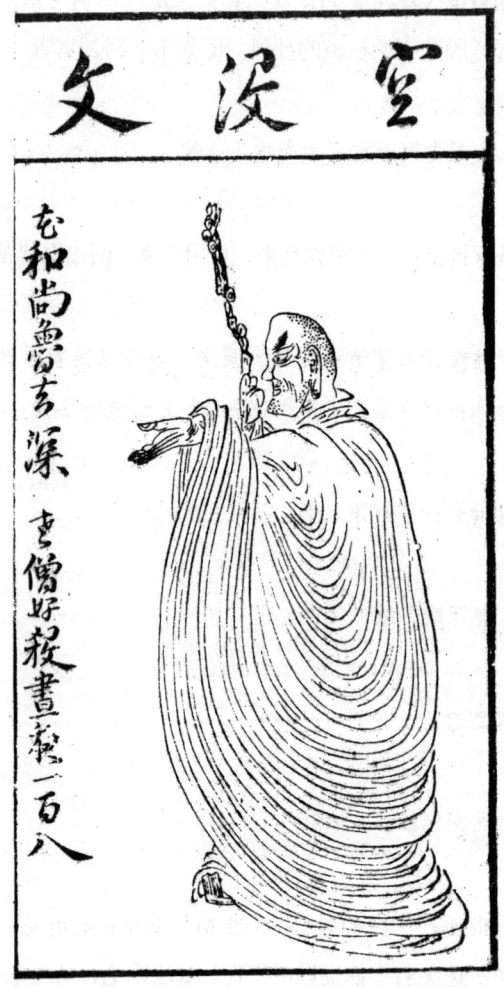

空泼文

玄和尚曾立深 画僧好杀画一百八

现在用新标点符号写出来便成:

> 智深走到面前,那和尚吃了一惊,跳起身来便道:"请师兄坐,同吃一盏。"智深提着禅杖道:"你这两个如何把寺来废了!"那和尚便道:"师兄请坐,听小僧——"智深睁着眼道:"你说!你说!""——说:在先敝寺……"

这样点读,便成一片整段的文章,我们不用加什么恭维施耐庵的评语,读者自然懂得一切忿怒的声口和插入的气话,自然觉得这是很能摹神的叙事,并且觉得这是叙事应有的句法,并不是施耐庵有意要作"章法奇绝,从古未有"的文章。

金圣叹的《水浒》评,不但有八股选家气,还有理学先生气。

圣叹生在明朝末年,正当"清议"与"威权"争胜的时代,东南士气正盛,虽受了许多摧残,终不曾到降服的地步。圣叹后来为了主持清议以至于杀身,他自然是一个赞成清议派的人。故他序《水浒》第一回道:

> 一部大书七十回将写一百八人……而先写高俅者,盖不写高俅便写一百八人,则是乱自下生也。不写一百八人

先写高俅,则是乱自上作也。……高俅来而王进去矣。王进者,何人也?不坠父业,善养母志,盖孝子也。……横求之四海,竖求之百年,而不一得之。不一得之而忽然有之,则当尊之,荣之,长跽事之,——必欲骂之,打之,至于杀之,因逼去之,是何为也?王进去而一百八人来矣。则是高俅来而一百八人来矣。

王进去后,更有史进。史者,史也。……记一百八人之事而亦居然谓之史也,何居?从来庶人之议皆史也。庶人则何敢议也?庶人不敢议也。庶人不敢议而又议,何也?天下有道,然后庶人不议也。今则庶人议矣。何用知天下无道?曰,王进去而高俅来矣。

这一段大概不能算是穿凿附会。《水浒传》的著者著书自然有点用意,正如楔子一回中说的,"且住!若真个太平无事,今日开书演义,又说著些甚么"?他开篇先写一个人人厌恶不肯收留的高俅,从高俅写到王进,再写到史进,再写到一百八人,他著书的意思自然很明白。金圣叹说他要写"乱自上作",大概是很不错的。圣叹说,"从来庶人之议皆史也",这一句话很可代表明末清议的精神。黄梨洲的《明夷待访录》说:

东汉太学三万人，危言深论，不隐豪强，公卿避其贬议。宋诸生伏阙捶鼓，请起李纲。三代遗风惟此犹为相近。使当日之在朝廷者，以其所非是为非是，将见盗贼奸邪慑心于正气霜雪之下，君安而国可保也。

这种精神是十七世纪的一种特色，黄梨洲与金圣叹都是这种清议运动的代表，故都有这种议论。

但是金圣叹《水浒》评的大毛病也正在这个"史"字上。中国人心里的"史"总脱不了《春秋》笔法"寓褒贬，别善恶"的流毒。金圣叹把《春秋》的"微言大义"用到《水浒》上去，故有许多极迂腐的议论。他以为《水浒传》对于宋江，处处用《春秋》笔法责备他。如第二十一回，宋江杀了阎婆惜之后，逃难出门，临行时"拜辞了父亲，只见宋太公洒泪不已，又分付道，你两个前程万里，休得烦恼"。这本是随便写父子离别，并无深意。金圣叹却说：

无人处却写太公洒泪，有人处便写宋江大哭；冷眼看破，冷笔写成。普天下读书人慎勿谓《水浒》无皮里阳秋也。

下文宋江弟兄"分付大小庄客，早晚殷勤伏侍太公，休教饮食有缺"。这也是无深意的叙述。圣叹偏要说：

> 人亦有言，"养儿防老"。写宋江分付庄客伏侍太公，亦皮里阳秋之笔也。

这种穿凿的议论实在是文学的障碍。《水浒传》写宋江，并没有责备的意思。看他在三十五回写宋江冒险回家奔丧，在四十一回写宋江再冒险回家搬取老父，何必又在这里用曲笔写宋江的不孝呢？

又如五十三回写宋江破高唐州后，"先传下将令，休得伤害百姓，一面出榜安民，秋毫无犯"。这是照例的刻板文章，有何深意？圣叹偏要说：

> 如此言，所谓仁义之师也。今强盗而忽用仁义之师，是强盗之权术也。强盗之权术而又书之者，所以深叹当时之官军反不能然也。彼三家村学究不知作史笔法，而遽因此等语过许强盗真有仁义，不亦怪哉？

这种无中生有的主观见解，真正冤枉煞古人！圣叹常骂三家村学究不懂得"作史笔法"，却不知圣叹正为懂得作史笔法太多了，所以他的迂腐气比三家村学究的更可厌！

这部新本的《水浒》把圣叹的总评和夹评一齐删去，使读书的人直接去看《水浒传》，不必去看金圣叹脑子里悬想出来的《水浒》的"作史笔法"；使读书的人自己去研究《水浒》的文学，不必去管十七世纪八股选家的什么"背面铺粉法"和什么"横云断山法"！

（二）

我既不赞成金圣叹的《水浒》评，我既主张让读书的人自己直接去研究《水浒传》的文学，我现在又拿什么话来作《水浒传》的新序呢？

我最恨中国史家说的什么"作史笔法"，但我却有点"历史癖"；我又最恨人家咬文啮字的评文，但我却又有点"考据癖"！因为我不幸有点历史癖，故我无论研究什么东西，总喜欢研究它的历史。因为我又不幸有点考据癖，故我常常爱作一点半新不旧的考据。现在我有了这个机会替《水浒传》作一篇新序，我的两种老毛病——历史癖与考据癖——不知不觉地又发作了。

我想《水浒传》是一部奇书，在中国文学史上的地位比《左传》《史记》还要重大的多；这部书很当得起一个阎若璩来替它作一番考证的工夫，很当得起一个王念孙来替它作一番训诂的工夫。我虽然够不上作这种大事业——只好让将来的学者去作——但我也想努一努力，替将来的"《水浒》专门家"开辟一个新方向，打开一条新道路。

简单一句话，我想替《水浒传》作一点历史的考据。

《水浒传》不是青天白日里从半空中掉下来的，《水浒传》乃是从南宋初年（西历十二世纪初年）到明朝中叶（十五世纪末年）这四百年的"梁山泊故事"的结晶。——我先说这句武断的话丢在这里，以下的两万字便是这一句话的说明和引证。

我且先说元朝以前的水浒故事。

《宋史》二十二，徽宗宣和三年（西历一一二一）的本纪说：

> 淮南盗宋江等犯淮阳军，遣将讨捕，又犯京东，江北，入楚海州界。命知州张叔夜招降之。

又《宋史》三百五十一：

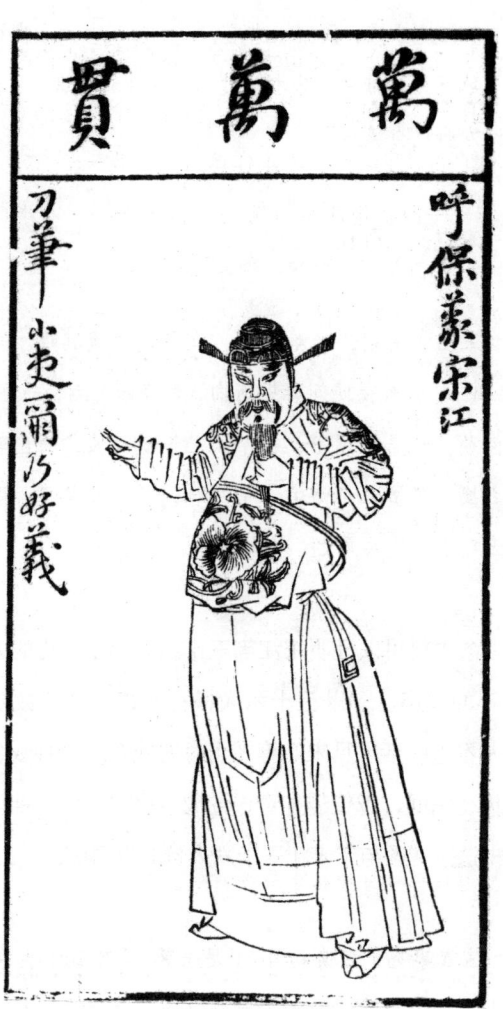

宋江寇京东，侯蒙上书言："江以三十六人横行齐魏，官军数万无敢抗者，其才必过人。今清溪盗起，不若赦江，使讨方腊以自赎。"

又《宋史》三百五十三：

宋江起河朔，转略十郡，官军莫敢撄其锋。声言将至〔海州〕，张叔夜使间者觇所向，贼径趋海濒，劫巨舟十余，载卤获。于是募死士，得千人，设伏近城，而出轻兵距海诱之战，先匿壮卒海旁，伺兵合，举火焚其舟。贼闻之，皆无斗志。伏兵乘之，擒其副贼。江乃降。

这三条史料可以证明宋江等三十六人都是历史的人物，是北宋末年的大盗。"以三十六人横行齐魏，官军数万无敢抗者"——看这些话可见宋江等在当时的威名。这种威名传播远近，流传在民间，越传越神奇，遂成一种"梁山泊神话"。我们看宋末遗民龚圣与作宋江三十六人赞的自序说：

宋江事见于街谈巷语，不足采著。虽有高如李嵩辈传写，士大夫亦不见黜，余年少时壮其人，欲存之画赞，以未见信书载事实，不敢轻为。及异时见《东都事略》载侍郎侯蒙传，有书一篇，陈制贼之计云："宋江以三十六人横行河朔京东，官军数万无敢抗者，其才必有过人。不若赦过招降，使讨方腊，以此自赎，或可平东南之乱。"余然后知江辈真有闻于时者。……（周密《癸辛杂识续集》上）

我们看这段话，可见（1）南宋民间有一种"宋江故事"流行于"街谈巷语"之中；（2）宋元之际已有高如李嵩一班文人"传写"这种故事，使"士大夫亦不见黜"；（3）那种故事一定是一种"英雄传奇"，故龚圣与"少年时壮其人，欲存之画赞"。

这种故事的发生与流传久远，绝非无因。大概有几种原因：（1）宋江等确有可以流传民间的事迹与威名；（2）南宋偏安，中原失陷在异族手里，故当时人有想望英雄的心理；（3）南宋政治腐败，奸臣暴政使百姓怨恨，北方在异族统治之下受的痛苦更深，故南北民间都养成一种痛恨恶政治恶官吏的心理，由这种心理上生出崇拜草泽英雄的心理。

这种流传民间的"宋江故事"便是《水浒传》的远祖。我们看《宣和遗事》，便可看见一部缩影的"水浒故事"。《宣和遗事》记梁山泊好汉的事，共分六段：

(1)杨志、李进义（后来作卢俊义）、林冲、王雄（后来作杨雄）、花荣、柴进、张青、徐宁、李应、穆横、关胜、孙立等十二个押送"花石纲"的制使，结义为兄弟。后来杨志在颍州阻雪缺少旅费，将一口宝刀出卖，遇着一个恶少，口角厮争。杨志杀了那人，判决配卫州军城。路上被李进义、林冲等十一人救出去，同上太行山落草。

(2)北京留守梁师宝差县尉马安国押送十万贯的金珠珍宝上京，为蔡太师上寿，路上被晁盖、吴加亮、刘唐、秦明、阮进、阮通、阮小七、燕青等八人用麻药醉倒，抢去生日礼物。

(3)"生辰纲"的案子，因酒桶上有"酒海花家"的字样，追究到晁盖等八人。幸得郓城县押司宋江报信与晁盖等，使他们连夜逃走。这八人联结了杨志等十二人，同上梁山泊落草为寇。

(4)晁盖感激宋江的恩义，使刘唐带金钗去酬谢他。宋江把金钗交给娼妓阎婆惜收了，不料被阎婆惜得知来历，那妇人本与吴伟往来，现在更不避宋江。宋江怒起，杀了他们，题反诗在壁上，出门跑了。

(5)官兵来捉宋江，宋江躲在九天玄女庙里。官兵退后，香案上一声响亮，忽有一本天书，上写着三十六人姓名。这三十六人，除上文已见二十人之外，有杜千、张岑、索超、董

《水浒传》考证 / 015

九百子

小挝皆柴進

東王孫孟嘗之名幾滅

門

平,都已先上梁山泊了;宋江又带了朱仝、雷横、李逵、戴宗、李海等人上山。那时晁盖已死,吴加亮与李进义为首领。宋江带了天书上山,吴加亮等遂共推宋江为首领。此外还有公孙胜、张顺、武松、呼延绰、鲁智深、史进、石秀等人,共成三十六员。(宋江为帅,不在天书内。)

(6)宋江等既满三十六人之数,"朝廷无其奈何",只出得榜招安。后有张叔夜"招诱宋江和那三十六人归顺宋朝,各受武功大夫诰敕,分注诸路巡检使去也。因此三路之寇悉得平定,后遣宋江收方腊,有功,封节度使"。

《宣和遗事》一书,近人因书里的"惇"字缺笔作"惇"字,故定为宋时的刻本。这种考据法用在那"俗文伪字弥望皆是"的民间刻本上去,自然很不适用,不能算是充分的证据。但书中记宋徽宗、钦宗二帝被掳后的事,记载得非常详细,显然是种族之痛最深时的产物。书中采用的材料大都是南宋人的笔记和小说,采的诗也没有刘后村以后的诗。故我们可以断定《宣和遗事》记的梁山泊三十六人的故事一定是南宋时代民间通行的小说。

周密(宋末人,元武宗时还在)的《癸辛杂识》载有龚圣与的三十六人赞。三十六人的姓名,大致与《宣和遗事》相同,只有吴加亮改作吴用,李进义改作卢俊义,阮进改为阮小二，李海改为李俊，王雄改为杨雄：这都与《水浒传》更接近了。此外周密记的，少了公孙胜、林冲、张岑、杜千四人，换上宋江、解珍、解宝、张横四人（《宣和遗事》有张横，又写作李横，但不在天书三十六人之数。），也更与《水浒》接近了。

龚圣与的三十六人赞里全无事实，只在那些"绰号"的字面上做文章，故没有考据材料的价值。但他那篇自序却极有价值。序的上半——引见上文——可以证明宋元之际有李嵩、高如等人"传写"梁山泊故事，可见当时除《宣和遗事》之外一定还有许多更详细的水浒故事。序的下半很称赞宋江，说他"识性超卓，有过人者"；又说：

> 盗跖与江，与之"盗"名而不辞，躬履"盗"迹而不讳者也。岂若世之乱臣贼子畏影而自走，所为近在一身而其祸未尝不流四海？

这明明是说"奸人政客不如强盗"了！再看他那些赞的口气，都有希望草泽英雄出来重扶宋室的意思。如九文龙史进赞："龙数肖九，汝有九文，盍从东皇，驾五色云！"如小李广花荣赞："中心慕汉，夺马而归；汝能慕广，何忧数奇？"

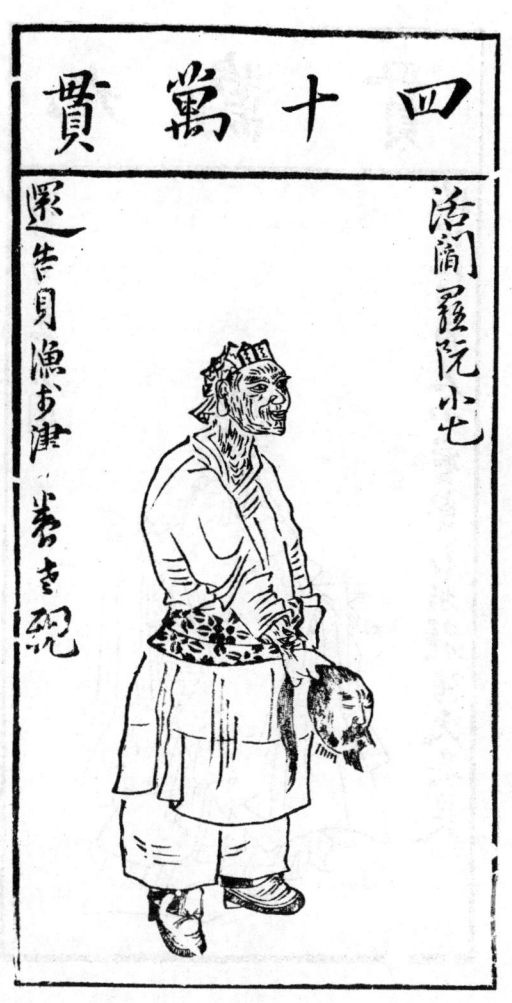

这都是当时宋遗民的故国之思的表现。又看周密的跋语：

> 此皆群盗之靡耳，圣与既各为之赞，又从而序论之何哉？太史公序游侠而进奸雄，不免后世之讥。然其首著胜广于列传，且为项羽作本纪，其意亦深矣。识者当能辨之。

这是老实希望当时的草泽英雄出来推翻异族政府的话。这便是元朝水浒故事所以非常发达的原因。后来长江南北各处的群雄起兵，不上二十年，遂把人类有历史以来最强横的民族的帝国打破，遂恢复汉族的中国。这里面虽有许多原因，但我们读了龚圣与周密的议论，可以知道水浒故事的发达与传播也许是汉族光复的一个重要原因哩。

（三）

元朝水浒故事非常发达，这是万无可疑的事。元曲里的许多水浒戏便是铁证。但我们细细研究元曲里的水浒戏，又可以断定元朝的水浒故事决不是现在的《水浒传》；又可以断定那时代决不能产生现在的《水浒传》。

元朝戏曲里演述梁山泊好汉的故事的，也不知有多少种。

依我们所知,至少有下列各种:

1. ▲高文秀的《黑旋风双献功》(《录鬼簿》作《双献头》)
2. 又《黑旋风乔教学》
3. 又《黑旋风借尸还魂》
4. 又《黑旋风斗鸡会》
5. 又《黑旋风诗酒丽春园》
6. 又《黑旋风穷风月》
7. 又《黑旋风大闹牡丹园》
8. 又《黑旋风敷演刘耍和》(〈4〉至〈8〉五种,《涵虚子》皆无黑旋风三字,今据暖红室新刻的钟嗣成《录鬼簿》为准。)
9. 杨显之的《黑旋风乔断案》
10. ▲康进之的《梁山泊黑旋风负荆》
11. 又《黑旋风老收心》
12. 红字李二的《板踏儿黑旋风》(《涵虚子》无下三字。)
13. 又《折担儿武松打虎》
14. 又《病杨雄》
15. ▲李文蔚的《同乐院燕青博鱼》(《录鬼簿》上三字

作"报冤台",博字作"扑",今据《元曲选》。)

16. 又《燕青射雁》

17. ▲李致远的《都孔目风雨还牢末》

18. ▲无名氏的《争报恩三虎下山》

19. 又《张顺水里报怨》

以上关于梁山泊好汉的戏目十九种,是参考《元曲选》《涵虚子》(《元曲选》卷首转录的)和《录鬼簿》(原书有序,年代为至顺元年,当西历一三三〇年;又有题词,年代为至正庚子,当西历一三六〇年)三部书辑成的。不幸这十九种中,只有那加"▲"的五种现在还保存在臧晋叔的《元曲选》里(下文详说),其余十四种现在都不传了。

但我们从这些戏名里,也就可以推知许多事实出来:第一,元人戏剧里的李逵(黑旋风)一定不是《水浒传》里的李逵。细看这个李逵,他居然能"乔教学",能"乔断案",能"穷风月",能玩"诗酒丽春园"!这可见当时的李逵一定是一个很滑稽的脚色,略像莎士比亚戏剧里的佛斯大夫(Falstaff,今译福斯塔夫)——有时在战场上呕人,有时在脂粉队里使人笑死。至于"借尸还魂""敷演刘耍和""大闹牡丹园""老收心"等等事,更是《水浒传》的李逵所没有的了。第二,元曲里的燕青,也不是后来《水浒传》

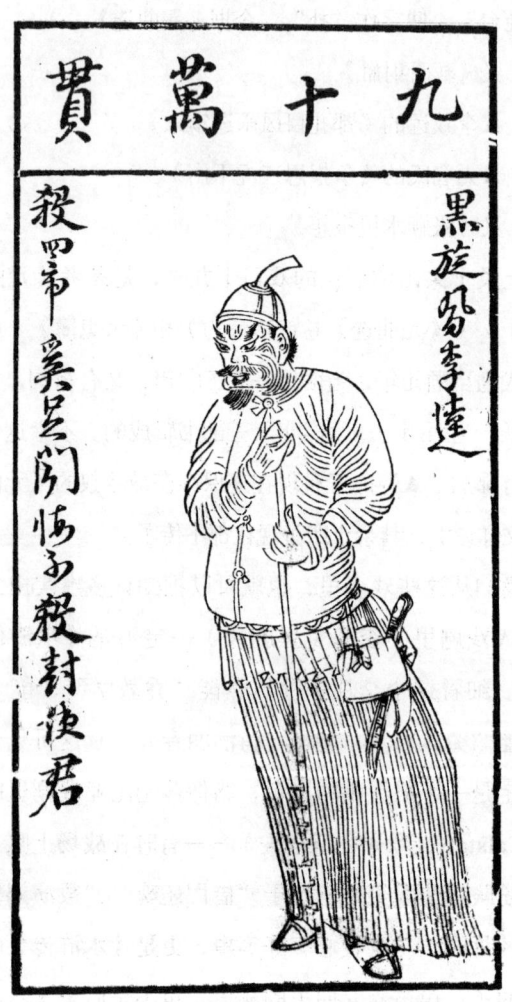

《水浒传》考证

的燕青:"博鱼"和"射雁",都不是《水浒传》里的事实。(《水浒》有燕青射鹊一事,或是受了"射雁"的暗示的。)第三,《水浒》只有病关索杨雄并没有"病杨雄"的话,可见元曲的杨雄也和《水浒》的杨雄不同。

现在我们再看那五本保存的梁山泊戏,更可看出元曲的梁山泊好汉和《水浒传》的梁山泊好汉大不相同的地方了。我们先叙这五本戏的内容:

(1)《黑旋风双献功》。宋江的朋友孙孔目带了妻子郭念儿上泰安神州去烧香,因路上有强盗,故来问宋江借一个护臂的人。李逵自请要去,宋江就派他去。郭念儿和一个白衙内有奸,约好了在路上一家店里相会,各唱一句暗号,一同逃走了。孙孔目丢了妻子,到衙门里告状,不料反被监在牢里。李逵扮作庄家呆后生,买通牢子,进监送饭,用蒙汗药醉倒牢子,救出孙孔目;又扮作祇候,偷进衙门,杀了白衙内和郭念儿,带了两颗人头上山献功。

(2)《李逵负荆》。梁山泊附近一个杏花庄上,有一个卖酒的王林,他有一女名叫满堂娇。一日,有匪人宋刚和鲁智恩,假冒宋江和鲁智深的名字,到王林酒店里,抢去满堂娇。那日李逵酒醉了,也来王林家,问知此事,心头大怒,赶上梁山泊,和宋江、鲁智深大闹。后来他们三人立下军令状,下山到王林家，叫王林自己质对。王林才知道他女儿不是宋江们抢去的。李逵惭愧，负荆上山请罪，宋江令他下山把宋刚、鲁智恩捉来将功赎罪。

（3）《燕青博鱼》。梁山泊第十五个头领燕青因误了限期，被宋江杖责六十，气坏了两只眼睛，下山求医，遇着卷毛虎燕顺把两眼医好，两人结为弟兄。燕顺在家因为与哥哥燕和嫂嫂王腊梅不和，一气跑了。燕和夫妻有一天在同乐院游春，恰好燕青因无钱使用，在那里博鱼。燕和爱燕青气力大，认他做兄弟，带回家同住。王腊梅与杨衙内有奸，被燕青撞破。杨衙内倚仗威势，反诬害燕和、燕青持刀杀人，把他们收在监里。燕青劫牢走出，追兵赶来，幸遇燕顺搭救，捉了奸夫淫妇，同上梁山泊。

（4）《还牢末》。史进、刘唐在东平府做都头。宋江派李逵下山请他们入伙，李逵在路上打死了人，捉到官，幸亏李孔目救护，定为误伤人命，免了死罪。李逵感恩，送了一对匾金环给李孔目。不料李孔目的妾肖娥与赵令史有奸，拿了金环到官出首，说李孔目私通强盗，问成死罪。刘唐与李孔目有旧仇，故极力虐待他，甚至于收受肖娥的银子，把李孔目吊死。李孔目死而复苏，恰好李逵赶到，用宋江的书信招安了刘唐、史进，救了李孔目，杀了奸夫淫妇，一同上山。

（5）《争报恩》。关胜、徐宁、花荣三个人先后下山打探军情。济州通判赵士谦带了家眷上任，因道路难行，把家眷留在权家店，自己先上任。他的正妻李千娇是很贤德的，他的妾王腊梅与丁都管有奸。这一天，关胜因无盘缠在权家店卖狗肉，因口角打倒丁都管，李千娇出来看，见关胜英雄，认他做兄弟。关胜走后，徐宁晚间也到权家店，在赵通判的家眷住屋的稍房里偷睡，撞破丁都管和王腊梅的奸情，被他们认作贼，幸得李千娇见徐宁英雄，认他做兄弟，放他走了。又一天晚间，李千娇在花园里烧香，恰好花荣躲在园里，听见李千娇烧第三炷香"愿天下好男子休遭罗网之灾"，花荣心里感动，向前相见。李千娇见他英雄，也认他做兄弟。不料此时丁都管和王腊梅走过门外，听见花荣说话，遂把赵通判喊来。赵通判推门进来，花荣拔刀逃出，砍伤他的臂膊。王腊梅咬定李千娇有奸，告到官衙，问成死罪。关胜、徐宁、花荣三人得信，赶下山来，劫了法场，救了李千娇，杀了奸夫淫妇，使赵通判夫妻和合。

我们研究这五本戏，可得两个大结论：

第一，元朝的梁山泊好汉戏都有一种很通行的"梁山泊故事"作共同的底本。我们可看这五本戏共同的梁山泊背景：

（1）《双献功》里的宋江说："某姓宋，名江，字公明，

第十六

大刀關勝

漢末義旗之後累拜前將軍

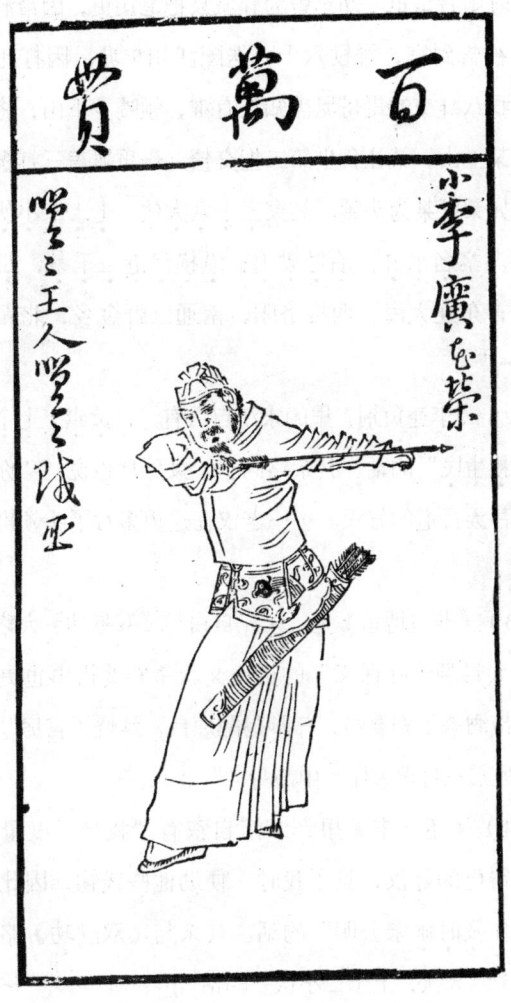

绰号及时雨者是也。幼年曾为郓城县把笔司吏，因带酒杀了阎婆惜，被告到官，脊杖六十，迭配江州牢城。因打此梁山经过，有我八拜交的哥哥晁盖知某有难，领喽罗下山，将解人打死，救某上山，就让我坐第二把交椅。哥哥晁盖三打祝家庄身亡，众兄弟拜某为头领。某聚三十六大伙，七十二小伙，半垓来喽罗。寨名水浒，泊号梁山；纵横河港一千条，四下方圆八百里；东连大海，西接济阳，南通巨野金乡，北靠青齐兖郓。……"

（2）《李逵负荆》里的宋江自白有"杏黄旗上七个字：替天行道救生民"的话。其余略同上。又王林也说，"你山上头领都是替天行道的好汉。……老汉在这里多亏了头领哥哥照顾老汉"。

（3）《燕青博鱼》里，宋江自白与《双献功》大略相同，但有"人号顺天呼保义"的话，又叙杀阎婆惜事也更详细：有"因带酒杀了阎婆惜，一脚踢翻烛台，延烧了官房"一事。又说"晁盖三打祝家庄，中箭身亡"。

（4）《还牢末》里，宋江自叙有"我平日度量宽洪，但有不得已的好汉，见了我时，便助他些钱物，因此天下人都叫我作及时雨宋公明"的话。其余与《双献功》略同，但无"三十六大伙，七十二小伙"的话。

（5）《争报恩》里，宋江自叙词："只因误杀阎婆惜，逃出郓州城，占下了八百里梁山泊，搭造起百十座水兵营。忠义堂高搠杏黄旗一面，上写着'替天行道宋公明'。聚义的三十六个英雄汉，哪一个不应天上恶魔星？"这一段只说三十六人，又有"应天上恶魔星"的话，与《宣和遗事》说的天书相同。

看这五条，可知元曲里的梁山泊大致相同，大概同是根据于一种人人皆知的"梁山泊故事"。这时代的"梁山泊故事"有可以推知的几点：（1）宋江的历史，小节细目虽互有详略的不同，但大纲已渐渐固定，成为人人皆知的故事。（2）《宣和遗事》的三十六人，到元朝渐渐变成了"三十六大伙，七十二小伙"，已加到百零八人了。（3）梁山泊的声势越传越张大，到元朝时便成了"纵横河港一千条，四下方圆八百里"的《水浒》了。（4）最重要的一点是元朝的梁山泊强盗渐渐变成了"仁义"的英雄。元初龚圣与自序作赞的意思，有"将使一归于正，义勇不相戾，此诗人忠厚之心也"的话，那不过是希望的话。他称赞宋江等，只能说他们"名号既不僭侈，名称俨然，犹循故辙"。这是说他们老老实实地做"盗贼"，不敢称王称帝。龚圣与又说宋江等"与之盗名而不辞，躬履盗迹而不讳"。到了后来，梁山泊渐渐变成了"替

《水浒传》考证

天行道救生民"的忠义堂了！这一变非同小可。把"替天行道救生民"的招牌送给梁山泊，这是水浒故事的一大变化，既可表示元朝民间的心理，又暗中规定了后来《水浒传》的性质。

这是元曲里共同的梁山泊背景。

第二，元曲演梁山泊故事，虽有一个共同的背景，但这个共同之点只限于那粗枝大叶的梁山泊略史。此外，那些好汉的个人历史、性情、事业，当时还没有固定的本子，故当时的戏曲家可以自由想象，自由描写。上条写的是"同"，这条写的是"异"。我们看他们的"异"处，方才懂得当时文学家的创造力。懂得当时文学家创造力的薄弱，方才可以了解《水浒传》著者的创造力的伟大无比。

我们可先看元曲家创造出来的李逵。李逵在《宣和遗事》里并没有什么描写，后来不知怎样竟成了元曲里最时髦的一个脚色！上文记的十九种元曲里，竟有十二种是用黑旋风做主人翁的，《还牢末》一名《李山儿生死报恩人》，也可算是李逵的戏。高文秀一个人编了八本李逵的戏，可谓"黑旋风专门家"了！大概李逵这个"脚色"大半是高文秀的想象力创造出来的，正如"Falstaff"（福斯塔夫）是莎士比亚创造出来的。高文秀写李逵的形状道：

> 我这里见客人将礼数迎,把我这两只手插定。哥也,他见我这威凛凛的身似碑亭,他可惯听我这莽壮声?唬他一个痴挣,唬得他荆棘律的胆战心惊!又说:
>
> 你这般茜红巾,腥衲袄,乾红搭膊,腿绷护膝,八答麻鞋,恰便似那烟熏的子路,黑染的金刚。休道是白日里,夜晚间揣摸着你呵,也不是个好人。

又写他的性情道:

> 我从来个路见不平,爱与人当道撅坑。我喝一声,骨都都海波腾!撼一撼,赤力力山岳崩!但恼着我黑脸的爹爹,和他做场的歹斗,翻过来落可便吊盘的煎饼!

但高文秀的《双献功》里的李逵,实在太精细了,不像那鲁莽粗豪的黑汉。看他一见孙孔目的妻子便知他不是"儿女夫妻";看他假扮庄家呆后生,送饭进监;看他偷下蒙汗药,麻倒牢子;看他假扮祗候,混进官衙:这岂是那鲁莽粗疏的黑旋风吗?至于康进之的《李逵负荆》,写李逵醉时情状,竟是一个细腻风流的词人了!你听李逵唱:

饮兴难酬，醉魂依旧。寻村酒，恰问罢王留。王留道，兀那里人家有！可正是清明时候，却言风雨替花愁。和风渐起，暮雨初收。俺则见杨柳半藏沽酒市，桃花深映钓鱼舟。更和这碧粼粼春水波文绉，有往来社燕，远近沙鸥。

（人道我梁山泊无有景致，俺打那厮的嘴！）

俺这里雾锁着青山秀，烟罩定绿杨洲。（那桃树上一个黄莺儿将那桃花瓣儿唦呵，唦呵，唦的下来，落在水中，——是好看也！我曾听的谁说来？我试想咱。……哦！想起来了也！俺学究哥哥道来。）他道是轻薄桃花逐水流。（俺绰起这桃花瓣儿来，我试想咱。好红红的桃花瓣儿！〔笑科〕你看我好黑指头也！）恰便是粉衬的这胭脂透！（可惜了你这瓣儿！俺放你趁那一般的瓣儿去！我与你赶，与你赶！贪赶桃花瓣儿，）早来到这草桥店垂杨的渡口。（不中，则怕误了俺哥哥的将令。我索回去也。……）待不吃呵，又被这酒旗儿将我来相迤逗。它，它，它舞东风在曲律杆头！

这一段，写的何尝不美？但这可是那杀人不眨眼的黑旋风的心理吗？

我们看高文秀与康进之的李逵，便可知道当时的戏曲家对于梁山泊好汉的性情人格的描写还没有到固定的时候，还在极自由的时代，你造你的李逵，他造他的李逵；你造一本李逵《乔教学》：他便造一本李逵《乔断案》；你形容李逵的精细机警，他描写李逵的细腻风流。这是人物描写一方面的互异处。

再看这些好汉的历史与事业。这十三本李逵戏的事实，上不依《宣和遗事》，下不合《水浒传》，上文已说过了。再看李文蔚写燕青是梁山泊第十五个头领，他占的地位很重要，《宣和遗事》说燕青是劫"生辰纲"的八人之一，他的位置自然应该不低。后来《水浒传》里把燕青派作卢俊义的家人，便完全不同了。燕青下山遇着燕顺弟兄，大概也是自由想象出来的事实。李文蔚写燕顺也比《水浒传》里的燕顺重要得多。最可怪的是《还牢末》里写的刘唐和史进两人。《水浒传》写史进最早，写他的为人也极可爱。《还牢末》写史进是东平府的一个都头，毫无可取的技能；写宋江招安史进乃在晁盖身死之后，也和《水浒》不同。刘唐在《宣和遗事》里是劫"生辰纲"的八人之一，与《水浒》相同。《还牢末》里的刘唐竟是一个挟私怨谋害好人的小人，还比不上《水浒传》的董超薛霸！肖娥送了刘唐两锭银子，要他把李孔目吊死，刘唐答应了；肖娥走后，刘唐自言自语道：

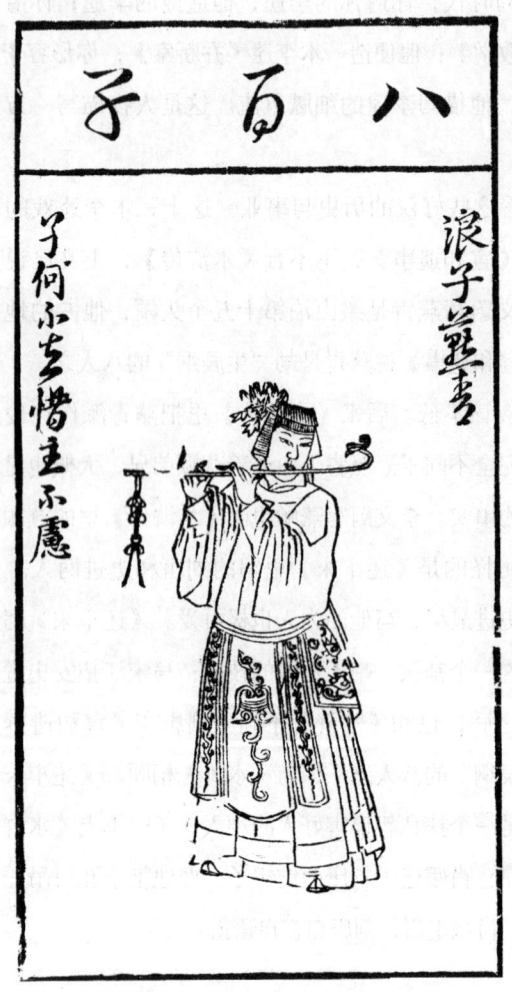

要活的难,要死的可容易。那李孔目如今是我手里物事,搓的圆,捏的扁。拼得将他盆吊死了,一来,赚他几个银子;二来,也偿了我平生心愿。我且吃杯酒去,再来下手,不为迟哩。

这种写法,可见当时的戏曲家叙述梁山泊好汉的事迹,大可随意构造;并且可见这些文人对于梁山泊上人物都还没有一贯的、明白的见解。

以上我们研究元曲里的水浒戏,可得四条结论:

(1)元朝是水浒故事发达的时代。这八九十年中,产生了无数水浒故事。

(2)元朝的水浒故事的中心部分——宋江上山的历史,山寨的组织和性质——大致都相同。

(3)除了那一部分之外,元朝的水浒故事还正在自由创造的时代:各位好汉的历史可以自由捏造,他们的性情品格的描写也极自由。

(4)元朝文人对于梁山泊好汉的见解很浅薄平庸,他们描写人物的本领很薄弱。

从这四条上,我们又可得两条总结论:

(甲)元朝只有一个雏形的水浒故事和一些草创的水浒人

物,但没有《水浒传》。

（乙）元朝文学家的文学技术,程度很幼稚,绝不能产生我们现有的《水浒传》。

（附注）我从前也看错了元人的文学在中国文学史上的位置。近年我研究元代的文学,才知道元人的文学程度实在很幼稚,才知道元代只是白话文学的草创时代,绝不是白话文学的成人时代。即如关汉卿马致远两位最大的元代文豪,他们的文学技术与文学意境都脱不了"幼稚"的批评。故我近来深信《水浒》《西游》《三国》,都不是元代的产物。这是文学史上一大问题,此处不能细说,我将来别有专论。

（四）

以上是研究从南宋到元末的水浒故事。我们既然断定元朝还没有《水浒传》,也作不出《水浒传》,那么,《水浒传》究竟是什么时代的什么人作的呢?

《水浒传》究竟是谁作的?这个问题至今无人能够下一个确定的答案。明人郎瑛《七修类稿》说:"《三国》《宋江》二书乃杭人罗贯中所编。"但郎氏又说他曾见一本,上刻"钱塘施耐庵"作的。清人周亮工《书影》说:"《水浒传》相传为洪武初越人罗贯中作,又传为元人施耐庵作。"田叔禾《西湖游览志》又云,此书出宋人笔,"近日金圣叹自七十回之后,断为罗贯中所续,极口诋罗,复伪为施序于前,此书遂为施有矣"。田叔禾即田汝成,是嘉靖五年的进士。他说《水浒传》是宋人作的,这话自然不值得一驳。郎瑛死于嘉靖末年,那时还无人断定《水浒》的作者是谁。周亮工生于万历四十年(一六一二),死于康熙十一年(一六七二),正与金圣叹同时。他说,《水浒》前七十回断为施耐庵的是从金圣叹起的;圣叹以前,或说施,或说罗,还没有人下一种断定。

圣叹删去七十回以后,断为罗贯中的,圣叹自说是根据"古本"。我们现在须先研究圣叹评本以前《水浒传》有些什么本子。

明人沈德符的《野获编》说:"武定侯郭勋,在世宗朝,号好文多艺。今新安所刻《水浒传》善本,即其家所传,前有汪大函序,托名天都外臣者。"周亮工《书影》又说:"故老传闻,罗氏《水浒传》一百回,各以妖异语冠其首。嘉靖时,郭武定重刻其书,削其致语,独存本传。"据此,嘉靖郭本是《水浒传》的第一次"善本",是有一百回的。

再看李贽的《忠义水浒传序》:

《水浒传》者，发愤之作也。……施罗二公身在元，心在宋，虽生元日，实愤宋事。是故愤二帝之北狩，则称大破辽以泄其愤；愤南渡之苟安，则称灭方腊以泄其愤。敢问泄愤者谁乎？则前日啸聚水浒之强人也，欲不谓之忠义，不可也。是故施罗二公传《水浒》，而复以忠义名其传焉。……宋公明者，身居水浒之中，心在朝廷之上，一意招安，专图报国，卒致于犯大难，成大功，服毒自缢，同死而不辞。……最后南征方腊，一百单八人者阵亡已过半矣。又智深坐化于六和，燕青涕泣而辞主，二童就计于混江。……（《焚书》卷三）

李贽是嘉靖万历时代的人，与郭武定刻《水浒传》的时候相去很近，他这篇序说的《水浒传》一定是郭本《水浒》。我们看了这篇序，可以断定明代的《水浒传》是有一百回的；是有招安以后，"破辽""平方腊""宋江服毒自尽""鲁智深坐化"等事的；我们又可以知道明朝嘉靖万历时代的人也不能断定《水浒传》是施耐庵作的，还是罗贯中作的。

到了金圣叹，他方才把前七十回定为施耐庵的《水浒》，又把七十回以后，招安平方腊等事，都定为罗贯中续作的《续水浒传》。圣叹批第七十回说："后世乃复削去此节，盛夸招安，务令罪归朝廷而功归强盗，甚且至于衰然以忠义二字冠其端，抑何其好犯上作乱至于如是之甚也！"据此可见明代所传的《忠义水浒传》是没有卢俊义的一梦的。圣叹断定《水浒》只有七十回，而骂罗贯中为狗尾续貂。他说："古本《水浒》如此，俗本妄肆改窜，真所谓愚而好自用也。"我们对于他这个断定，可有两种态度：（1）可信金圣叹确有一种古本；（2）不信他得有古本，并且疑心他自己假托古本，"妄肆窜改"称真本为俗本，自己的改本为古本。

第一种假设——认金圣叹真有古本作校改的底子——自然是很难证实的。我的朋友钱玄同先生说："金圣叹实在喜欢乱改古书。近人刘世珩校刊关王原本《西厢》，我拿来和金批本一对，竟变成两部书。……以此例彼，则《水浒》经老金批校，实在有点难信了。"钱先生希望得着一部明版的《水浒》，拿来考证《水浒》的真相。据我个人看来，即使我们得着一部明版《水浒》，至多也不过是嘉靖朝郭武定的一百回本，就是金圣叹指为"俗本"的，究竟我们还无从断定金圣叹有无"真古本"。但第二种假设——金圣叹假托古本，窜改原本——更不能充分成立。金圣叹若要窜改《水浒》，尽可自由删改，并没有假托古本的必要。他武断《西厢》的后四折为续作，并没有假托古本，又何必假托一部古本的《水浒传》呢？

大概文学的技术进步时，后人对于前人的文章往往有不能满意的地方。元人作戏曲是匆匆忙忙地作了应戏台上之用的，故元曲实在多有太潦草、太疏忽的地方，难怪明人往往大加修饰，大加窜改。况且元曲刻本在当时本来极不完备：最下的本子仅有曲文，无有科白，如日本西京帝国大学影印的《元曲三十种》；稍好的本子虽有科白，但不完全，如"付末上见外云云了"，"且引俫上，外分付云云了"，如董授经君影印的《十段锦》；最完好的本子如臧晋叔的《元曲选》，大概都是已经明朝人大加补足修饰的了。此项曲本，既非"圣贤经传"，并且实有修改的必要，故我们可以断定现在所有的元曲，除了西京的三十种之外，没有一种不曾经明人修改的。《西厢》的改窜，并不起于金圣叹，到圣叹时《西厢》已不知修改了多少次了。周宪王、王世贞、徐渭都有改本，远在圣叹之前，这是我们知道的。此如李渔改《琵琶记》的《描容》一出，未必没有胜过原作的地方。我们现在看见刘刻的《西厢》原本与金评本不同，就疑心全是圣叹改了的，这未免太冤枉圣叹了。在明朝文人中，圣叹要算是最小心的人。他有武断的毛病，他又有错评的毛病。但他有一种长处，就是<u>不敢抹杀原本</u>。即以《西厢》而论，他不知道元人戏曲的见解远不如明末人的高超，故他武断后四出为后人续的。这是他的大错。但他终不因此就把后四出都删去了，这是他的谨慎处。他评《水浒传》也是如此。我在第一节已指出了他的武断和误解的毛病。但明朝人改小说戏曲向来没有假托古本的必要，况且圣叹引据古本不但用在百回本与七十回本之争，又用在无数字句小不同的地方。以圣叹的才气，改窜一两个字，改换一两句，何须假托什么古本？他改《左传》的句读，尚且不须依傍古人，何况《水浒传》呢？因此我们可以假定他确有一种七十回的《水浒》本子。

我对于"《水浒》是谁作的"这个问题，颇曾虚心研究，虽不能说有了最满意的解决，但我却有点意见，比较的可算得这个问题的一个可用的答案。我的答案是：

（1）金圣叹没有假托古本的必要。他用的底本大概是一种七十回的本子。

（2）明朝有三种《水浒传》：第一种是一百回本，第二种是七十回本，第三种又是一百回本。

（3）第一种一百回本是原本，七十回本是改本。后来又有人用七十回本来删改百回本的原本，遂成一种新百回本。

（4）一百回本的原本是明初人作的，也许是罗贯中作的。罗贯中是元末明初的人，涵虚子记的元曲里有他的《龙虎风云会》杂剧。

（5）七十回本是明朝中叶的人重作的，也许是施耐庵作的。

（6）施耐庵不知是什么人，但绝不是元朝人。也许是明朝文人的假名，并没有这个人。

这六条假设，我且一一解说于下：

（1）金圣叹没有假托古本的必要，上文已说过了，我们可以承认圣叹家藏的本子是一种七十回本。

（2）明朝有三种《水浒传》。第一种是《水浒》的原本，是一百回的。周亮工说："故老传闻，罗氏《水浒传》一百回，各以妖异语冠其首"，即是此本。第二种是七十回本，大概金圣叹的"贯华堂古本"即是此本。第三种是一百回本，是有招安以后"征四寇"等事的，亦名《忠义水浒传》。李贽的序可为证。周亮工又说，"嘉靖时，郭武定重刻其书，削其致语，独存本传"，当即是此本。（说见下条）

（3）第一种百回本是《水浒传》的原本。我细细研究元朝到明初的人作的关于梁山泊好汉的故事与戏曲，敢断定明朝初年决不能产生现有七十回本的《水浒传》。自从《宣和遗事》到周宪王，这二百多年中，至少有三十种关于梁山泊的书，其中保存到于今的，约有十种。照这十种左右的书看来，那时代文学的见解，意境，技术，没有一样不是在草创的时期的，没有一样不是在幼稚的时期的。且不论元人作的关于水浒的戏曲。周宪王死在明开国后七十年,他作杂剧该在建文永乐的时代,总算"晚"了。但他的《豹子和尚自还俗》与《黑旋风仗义疏财》两种杂剧,固然远胜于元曲里《还牢末》与《争报恩》等等水浒戏,但还是很缺乏超脱的意境和文学的技术。(这两种,现在董授经君刻的《杂剧十段锦》内。)故我觉得周亮工说的"故老传闻,罗氏《水浒传》一百回,各以妖异语冠其首"的话,大概是可以相信的。周氏又说,"嘉靖时,郭武定重刻其书,削其致语,独存本传"。大概这种一百回本的《水浒传》原本一定是很幼稚的。

但我们又可以知道《水浒传》的原本是有招安以后的事的。何以见得呢?因为这种见解和宋元至明初的梁山泊故事最相接近。我们可举几个例。《宣和遗事》说:"那三十六人归顺宋朝,各受武功大夫诰敕,分注诸路巡检使去也。因此三路之寇悉得平定,后遣宋江收方腊,有功,封节度使。"元代宋遗民周密与龚圣与论宋江三十六人也都希望草泽英雄为国家出力。不但宋元人如此。明初周宪王的《黑旋风仗义疏财》杂剧(大概是改正元人的原本的)也说张叔夜出榜招安,宋江弟兄受了招安,做了巡检,随张叔夜征方腊,李逵生擒方腊。这戏中有一段很可注意:

（李撇古）今日闻得朝廷出榜招安，正欲上山报知众位首领自首出来替国家出力，为官受禄，不想途次遇见。不知两位哥哥怎生主意？

（李逵）俺山中快乐，风高放火，月黑杀人，论秤分金银，换套穿衣服；千自由，百自在，可不强似这小官受人的气！俺们怎肯受这招安也？

（李撇古）你两个哥哥差见了。……你这三十六个好汉都是有本事有胆量的，平日以忠义为主。何不因这机会出来首官，与官里出些气力，南征北讨，得了功劳，做个大官，……不强似你在牛皮帐里每日杀人，又不安稳，那贼名儿几时脱得？

这虽是帝室贵族的话，但这种话与上文引的宋元人的水浒见解是很一致的。因此我们可以知道《水浒》的百回本原本一定有招安以后的事。（看下文论《征四寇》一段）

这是第一种百回本，可叫作原百回本。我们又知道明朝嘉靖以后最通行的《水浒传》是《忠义水浒传》，也是一种有招安以后事的百回本。这是无可疑的。据周亮工说，这个百回本是郭武定删改那每回"各以妖异语冠其首"的原本而成的。这话大概可信。沈德符《野获编》称郭本为"《水浒》善本"，便是一证。这一种可叫作新百回本。

大概读者都可以承认这两种百回本是有的了。现在难解决的问题就是那七十回本的时代。

有人说，那七十回本是金圣叹假托的，其实并无此本。这一说，我已讨论过了，我以为金圣叹无假托古本的必要，他确有一种七十回本。

又有人说，近人沈子培曾见明刻的《水浒传》，和圣叹批本多不相同，可见现在的七十回本《水浒传》是圣叹窜改百回本而成的；若不是圣叹删改的，一定是明朝末年人删改的。依这一说，七十回本应该在新百回本之后。

这一说，我也不相信。我想《水浒传》被圣叹删改的小地方，大概不免。但我想圣叹在前七十回大概没有什么大窜改的地方。圣叹既然根据他的"古本"来删去了七十回以后的《水浒》，又根据"古本"来改正了许多地方（五十回以后更多）——他既然处处拿"古本"作根据，他必不会有了大窜改而不引据"古本"。况且那时代通行的《水浒传》是新百回本的《忠义水浒传》，若圣叹大改了前七十回，岂不容易被人看出？况且周亮工与圣叹同时，也只说"近日金圣叹自七十回之后断为罗贯中所续，极口诋罗"，并不说圣叹有大窜改之处。如此看来，可见圣叹对于新百回本的前七十回，除了他注明古本与俗本不同之处之外,大概没有什么大窜改的地方。

我且举一个证据。雁宕山樵的《水浒后传》是清初作的,那时圣叹评本还不曾很通行,故他依据的《水浒传》还是百回本的《忠义水浒传》。这书屡次提到"前传"的事,凡是七十回以前的事,没有一处不与圣叹评本相符。最明白的例如说燕青是天巧星,如说阮小七是天败星,位在第三十一,如说李俊在石碣天文上位次在二十六,如说史进位列天罡星数,都与圣叹本毫无差异。(此书证据极多,我不能遍举了。)可见石碣天文以前的《忠义水浒传》与圣叹的七十回本没有大不同的地方。

我们虽不曾见《忠义水浒传》是什么样子的,但我们可以推知坊间现行的《续水浒传》——又名《征四寇》,不是《荡寇志》;《荡寇志》是道光年间人作的——一定与原百回本和新百回本都有很重要的关系。这部《征四寇》确是一部古书,很可考出原百回本和《忠义水浒传》后面小半部是个什么样子。(1)李贽《忠义水浒传》序记的事实,如大破辽、灭方腊,宋江服毒,南征方腊时百八人阵亡过半,智深坐化于六和,燕青涕泣而辞主,二童就计于混江,都是《征四寇》里的事实。(2)《征四寇》里有李逵在寿张县坐衙断案一段事(第三回),当是根据元曲《黑旋风乔断案》的;又有李逵在刘太公庄上捉假宋江负荆请罪的事(第二回),是从元曲《李逵负荆》脱胎出来的；又有《燕青射雁》的事（第十七回）当是从元曲《燕青射雁》出来的；又有李逵在井里通到斗鸡村，遇着仙翁的事（二十五回）当是依据元曲《黑旋风斗鸡会》的。看这些事实，可见《征四寇》和元曲的水浒戏很接近。（3）最重要的是《征四寇》叙东京八十万禁军教头王庆遭高俅陷害，迭配淮西，后来造反称王的事（二十九至三十一回）。这个王庆明明是《水浒传》今本里的王进。王庆是"四寇"之一，四寇是辽、田虎、王庆、方腊。"四寇"之名来源很早，《宣和遗事》说宋江等平定"三路之寇"，后来又收方腊，可见"四寇"之说起于《宣和遗事》。但李贽作序时，只说"大破辽"与"灭方腊"两事；清初人作的《水浒后传》屡说"征服大辽，剿除方腊"，但无一次说到田虎、王庆的事。可见新百回本已无四寇，仅有二寇。我研究新百回本删去二寇的原因，忽然明白《征四寇》这部书乃是原百回本的下半部。《征四寇》现存四十九回，与圣叹说的三十回不合。我试删去征田虎及征王庆的二十回，恰存二十九回；第一回之前显然还有硬删去的一回，合起来恰是三十回。田虎一大段不知为什么删去，但我看王庆一段的删去明是因为王庆已变了王进，移在全书的第一回，故此一大段不能存在。这是《征四寇》为原百回本的剩余的第一证据。（4）《征四寇》每回之前有一首荒谬不通的诗，周亮工说的"各以妖异语冠其首"，大概即根本于此。这是第二证据。（5）《征四寇》的文学的技术和见解，确与元朝人的文学的技术和见解相像，更可断定这书是原百回本的一部分。若新百回本还是这样幼稚，绝不能得晚明那班名士（如李贽，袁宏道等）那样钦佩。这是第三证据。

以上我主张（1）新百回本的前七十回与今本七十回没有什么大不同的地方；（2）新百回本的后三十回确与原百回本的后半部大不同，可见新百回本确已经过一回大改窜了。新百回本是嘉靖时代刻的，郎瑛著书也在嘉靖年间，他已见有施罗两本。况且李贽在万历时作《水浒序》又混称"施罗两公"。若七十回本出在明末，李贽决没有合称施罗的必要。因此我想嘉靖时初刻的新百回本已是两种本子合起来的：一种是七十回本，一种是原百回本的后半。因为这新百回本（《忠义水浒传》）是两种本子合起来的，故嘉靖以后人混称施罗二公，故金圣叹敢断定七十回以前为施本，七十回以后为罗本。

因此，我假定七十回本是嘉靖郭本以前的改本。大概明朝中叶时期——当弘治正德的时候——文学的见解与技术都有进步，故不满意于那幼稚的《水浒》百回原本。况且那时又是个人主义的文学发达的时代。李梦阳、康海、王九思、祝允明、唐寅，一班人都是不满意于政府的，都是不满意于当时社会的。故我推想七十回本是弘治正德时代的出产品。这书大概略本那原百回本,重新改作一番,删去招安以后的事;一切人物的描写、事实的叙述,大概都有许多更改原本之处。如王庆改为王进,移在全书之首,又写他始终不肯落草,便是一例。若原百回本果是像《征四寇》那样幼稚,这七十回本简直不是改本,竟可称是创作了。

这个七十回本是明朝第二种《水浒传》。我们推想此书初出时必定不能使多数读者领会,当时人大概以为这七十回是一种不完全的本子,郭勋是一个贵族,又是一个奸臣,故更不喜欢这七十回本。因此,我猜想郭刻的百回的"《水浒》善本"大概是用这七十回本来修改原百本的:七十回以前是依七十回本改的,七十回以后是嘉靖时人改的。这个新百回本是第三种《水浒》本子。

(3)这第三种本子——新百回本——是合两种本子而成的,前七十回全采七十回本,后三十回大概也远胜原百回本的末五十回,所以能风行一世。但这两种本子的内容与技术是不同的,前七十回是有意重新改作的,后三十回是用原百回本的下半改了凑数的,故明眼的人都知道前七十回是一部,后三十回又是一部。不但上文说的李贽混称施罗二公是一证据。还有清初的《水浒后传》的"读法"上说"前传之前七十回中，回目用大闹字者凡十"。现查《水浒传》的回目果有十次用"大闹"字，但都在四十五回以前。既在四十五回以前，何故说"前七十回"呢？这可见分两《水浒》为两部的，不止金圣叹一人了。

（4）如果百回本的原本是如周亮工说的那样幼稚，或是像《征四寇》那样幼稚，我们可以断定它是元末明初的著作。周亮工说罗贯中是洪武时代的人，大概罗贯中到明末初期还活着。前人既多说《水浒》是罗贯中作的，我们也不妨假定这百回本的原本是他作的。

（5）七十回本一定是明末中叶的人删改的，这一层我已在上文（3）条里说过了。嘉靖时郎瑛曾见有一本《水浒传》，是"钱塘施耐庵"作的。可惜郎瑛不曾说这一本是一百回，还是七十回。或者这一本七十回的即是郎瑛看见的施耐庵本。我想：若施本不是七十回本，何以圣叹不说百回本是施本而七十回本是罗本呢？

（6）我们虽然假定七十回本为施耐庵本，但究竟不知施耐庵是谁。据我的浅薄学问，元明两朝没有可以考证施耐庵的材料。我可以断定的是：①施耐庵绝不是宋元两朝人。②他绝不是明朝初年的人：因为这三个时代不会产出这七十回本的《水浒传》。③从文学进化的观点看起来，这部《水浒传》、这个施耐庵,应该产生在周宪王的杂剧与《金瓶梅》之间。——但是何以明朝的人都把施耐庵看作宋元的人呢?(田汝成,李贽,金圣叹,周亮工等人都如此。)这个问题极有研究的价值。清初出了一部《后水浒传》,是接着百回本作下去的(此书叙宋江服毒之后,剩下的三十几个水浒英雄,出来帮助宋军抵御金兵,但无成功。混江龙李俊同一班弟兄,渡海至暹罗国,创下李氏王朝。)。这书是一个明末遗民雁宕山樵陈忱作的(据沈登瀛《南浔备志》;参看《荡寇记》前镜水湖边老渔的跋语),但他托名"古宋遗民"。我因此推想那七十回本《水浒传》的著者删去了原百回本招安以后的事,把《忠义水浒传》变成了"纯粹草泽英雄的《水浒传》",一定有点深意,一定很触犯当时的忌讳,故不得不托名于别人。"施耐庵"大概是"乌有先生""亡是公"一流的人,是一个假托的名字。明朝文人受祸的最多。高启、杨基、张羽、徐贲、王行、孙蕡、王蒙,都不得好死。弘治、正德之间,李梦阳四次下狱;康海、王敬夫、唐寅,都废黜终身。我们看了这些事,便可明白《水浒传》著者所以必须用假名的缘故了。明朝一代的文学要算《水浒传》的理想最激烈,故这书的著者自己隐讳也最深。书中说的故事又是宋代的故事,又和许多宋元的小说戏曲有关系,故当时的人或疑施耐庵为宋人,或疑为元人,却不知道宋元时代决不能产生这样一部奇书。

我们既不能考出《水浒传》的著者究竟是谁，正不妨仍旧认"施耐庵"为七十回本《水浒传》的著者，——但我们须要记得，"施耐庵"是明朝中叶一个文学大家的假名！

总结上文的研究，我们可把南宋到明朝中叶的《水浒》材料作一个渊源表如下：

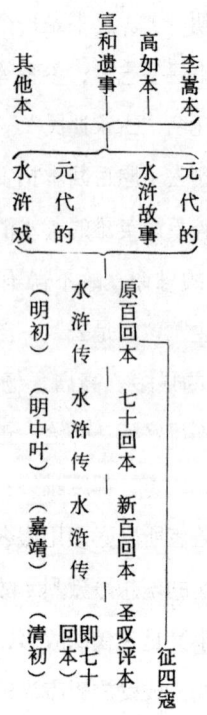

（五）

自从金圣叹把"施耐庵"的七十回本从《忠义水浒传》里重新分出来，到于今已近三百年了。（圣叹自序在崇祯十四年。）这三百年中，七十回本居然成为《水浒传》的定本。平心而论，七十回本得享这点光荣，是很应该的。我们现在且替这七十回本做一个分析。

七十回本除"楔子"一回不计外，共分十大段：

第一段——第一回至第十一回。这一大段只有杨志的历史（"做到殿司制使官，因道君皇帝盖万岁山，差一般十个制使去太湖边搬运花石纲赴京交纳。不料洒家……失陷了花石纲，不能回京。"）是根据于《宣和遗事》的，其余都是创造出来的。这一大段先写八十万禁军教头王进被高俅赶走了。王进即是《征四寇》里的王庆，不在百八人之数；施耐庵把他从下半部直提到第一回来，又改名王进，可见他的著书用意。王进之后，接写一个可爱的少年史进，始终不肯落草，但终不能不上少华山去；又写鲁达为了仗义救人，犯下死罪，被逼做和尚，再被逼做强盗；又写林冲被高俅父子陷害，逼上梁山。林冲在《宣和遗事》里是押送"花石纲"的十二个制使之一；但在龚圣与的三十六人赞里却没有他的名字，元曲里也不提起他，大概元朝的水浒故事不见得把他当作重要人物。《水浒传》却极力描写林冲，风雪山神庙一段更是能感动人的好文章。林冲之后，接写杨志。杨志在困穷之中不肯落草，后来受官府冤屈，穷得出卖宝刀，以致犯罪受杖，迭配大名府。（卖刀也是《宣和遗事》中有的，但在颍州，《水浒传》改在京城，是有意的。）这一段连写五个不肯做强盗的好汉，他的命意自然是要把英雄落草的罪名归到贪官污吏身上去。故这第一段可算是《水浒传》的"开宗明义"的部分。

第二段——第十二回至第二十一回。这一大段写"生辰纲"的始末，是《水浒传》全局的一大关键。《宣和遗事》也记有五花营堤上劫取生辰纲的事，也说是宋江报信，使晁盖等逃走；也说到刘唐送礼谢宋江，以致宋江杀阎婆惜。《水浒传》用这个旧轮廓，加上无数琐细节目，写得格外有趣味。这一段从雷横捉刘唐起，写七星聚义，写智取生辰纲，写杨志鲁智深落草，写宋江私放晁盖，写林冲火并梁山泊，写刘唐送礼酬谢宋江，写宋江怒杀阎婆惜，直写到宋江投奔柴进避难，与武松结拜做兄弟。《水浒》里的中心人物——须知卢俊义、呼延灼、关胜等人不是《水浒》的中心人物——都在这里了。

第三段——第二十二回到第三十一回。这一大段可说是武

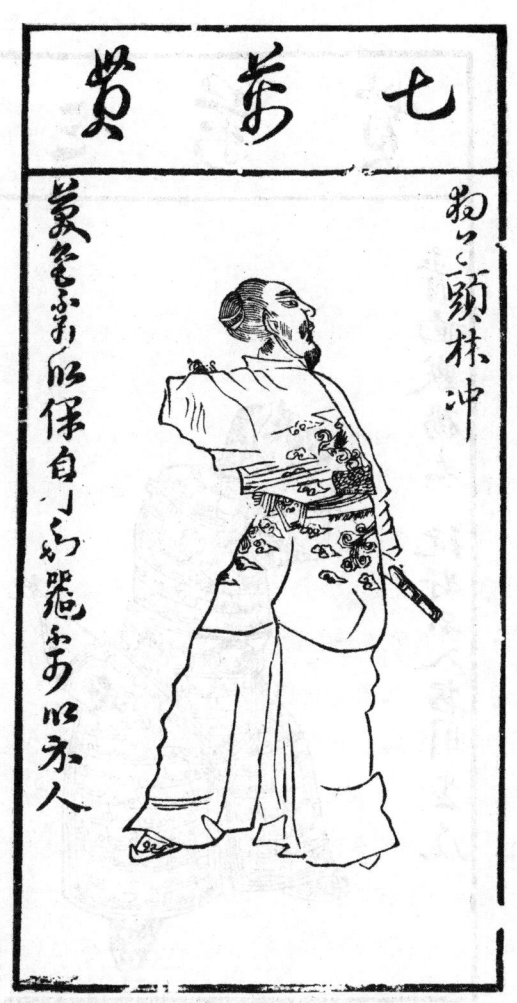

《水浒传》考证 / 057

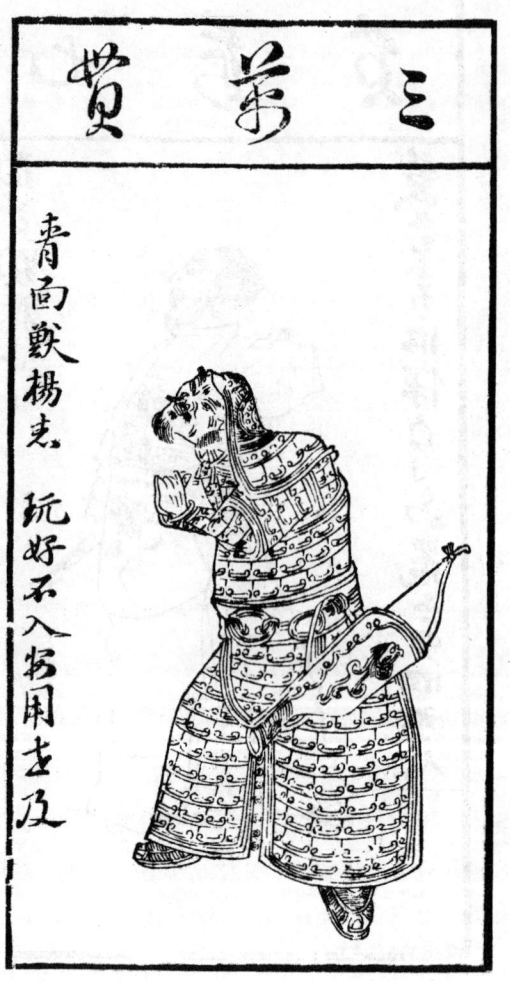

松的传。《涵虚子》与《录鬼簿》都记有红字李二的《武松打虎》一本戏曲。红字李二是教坊刘耍和的女婿，刘耍和已被高文秀编入曲里，而《录鬼簿》说高文秀早死，可见红字李二的武松戏一定远在《录鬼簿》成书之前，——约在元朝的中叶。可见十四世纪初年已有一种武松打虎的故事。《水浒传》根据这种故事，加上新的创造的想象力，从打虎写到杀嫂，从杀嫂写到孟州道打蒋门神，从蒋门神写到鸳鸯楼蜈蚣岭，便成了《水浒传》中最精采的一大部分。

第四段——第三十一回到第三十四回。这一小段是勉强插入的文章。《宣和遗事》有花荣和秦明等人，无法加入，故写清风山、清风寨、对影山等一段，把这一班人送上梁山泊去。

第五段——第三十五回到第四十一回。这一大段也是《水浒传》中很重要的文字，从宋江奔丧回家，迭配江州起，写江州遇戴宗李逵，写浔阳江宋江题反诗，写梁山泊好汉大闹江州，直写到宋江入伙后又偷回家中，遇着官兵追赶，躲在玄女庙里，得受三卷天书。江州一大段完全是《水浒传》的著者创造出来的。《宣和遗事》没有宋江到江州配所的话，元曲也只说他迭配江州，路过梁山泊，被晁盖搭救上山。《水浒传》造出江州一大段，不但写李逵的性情品格，并且把宋江的野心大志都写出来。若没有这一段，宋江便真成了一个"虚名"了。

八 英 贊

行者武松 申大篆书 硬头欺鬼畏犯尖穮

天书一事，《宣和遗事》里也有，但那里的天书除了三十六人的姓名，只有诗四句："破国因山木，兵刀用水工；一朝充将领，海内耸威风。"《水浒传》不写天书的内容，又把这四句诗改作京师的童谣："耗国因家木，刀兵点水工。纵横三十六，播乱在山东。"（见三十八回）这不但可见《宣和遗事》和《水浒》的关系，又可见后来文学的见解和手段的进化。

第六段——第四十二回到第四十五回。这一段写公孙胜下山取母亲，引起李逵下山取母，又引起戴宗下山寻公孙胜，路上引出杨雄、石秀一段。《水浒传》到了大闹江州以后，便没有什么很精采的地方。这一段中写石秀的一节要算是比较好的了。

第七段——第四十六回到第四十九回。这一段写宋江三打祝家庄。在元曲里，三打祝家庄是晁盖的事。

第八段——第五十回到第五十三回。写雷横、朱仝、柴进三个人的事。

第九段——第五十四回到第五十九回。这一大段和第四段相像，也是插进去做一个结束的。《宣和遗事》有呼延灼、徐宁等人，《水浒传》前半部又把许多好汉分散在二龙山、少华山、桃花山等处了，故有这一大段，先写呼延灼征讨梁山泊，次请出一个徐宁，次写呼延灼兵败后逃到青州，慕容知府请他

收服桃花山、二龙山、白虎山；次写少华山与芒砀山，遂把这五山的好汉一齐送上梁山泊去。

第十段——第五十九回到第七十回。这一大段是七十回本《水浒传》的最后部分，先写晁盖打曾头市中箭身亡，次写卢俊义一段，次写关胜，次写破大名府，次写曾头市报仇，次写东平府收董平，东昌府收张清，最后写石碣天书作结。《宣和遗事》里，卢俊义是梁山泊上最初的第二名头领，《水浒传》前面不曾写他，把他留在最后，无法可以描写，故只好把擒史文恭的大功劳让给他。后来结起账来，一百零八人中还有董平和张清没有加入，这两人又都是《宣和遗事》里有名字的，故又加上东平、东昌两件事。算算还少一个，只好拉上一个兽医皇甫端！这真是《水浒传》的"强弩之末"了！

这是《水浒传》的大规模。我们拿历史的眼光来看这个大规模，可得两种感想。

第一，我们拿宋元时代那些幼稚的"梁山泊故事"，来比较这部《水浒传》，我们不能不佩服"施耐庵"的大匠精神与大匠本领；我们不能不承认这四百年中白话文学的进步很可惊异！元以前的，我们现在且不谈。当元人的杂剧盛行时，许多戏曲家从各方面搜集编曲的材料，于是有高文秀等人采用民间盛行的梁山泊故事，各人随自己的眼光才力，发挥水浒的一方面,或创造一种人物,如高文秀的黑旋风,如李文蔚的燕青之类;有时几个文人各自发挥一个好汉的一片面,如高文秀发挥李逵的一片面,杨显之、康进之、红字李二又各各发挥李逵的一片面。但这些都是一个故事的自然演化,又都是散漫的,片面的,没有计划的,没有组织的发展。后来这类的材料越积越多了,不能不有一种贯通综合的总编,于是元末明初有《水浒传》百回之作。但这个草创的《水浒传》原本,如上节所说,是很浅陋幼稚的。这种浅陋幼稚的证据,我们还可以在《征四寇》里寻出许多。然而这个《水浒传》原本居然把三百年来的水浒故事贯通起来,用宋元以来的梁山泊故事作一个大纲,把民间和戏台上的"三十六大伙,七十二小伙"的种种故事作一些子目,造成一部草创的大小说,总算是很难得的了。到了明朝中叶,"施耐庵"又用这个原百回本作底本,加上高超的新见解,加上四百年来逐渐成熟的文学技术,加上他自己的伟大创造力,把那草创的山寨推翻,把那些僵硬无生气的水浒人物一齐毁去;于是重兴水浒,再造梁山,画出十来个永不会磨灭的英雄人物,造成一部永不会磨灭的奇书。这部七十回的《水浒传》不但是集四百年水浒故事的大成,并且是中国白话文学完全成立的一个大纪元。这是我的第一个感想。

第二,施耐庵的《水浒传》是四百年文学进化的产儿,但《水浒传》的短处也就吃亏在这一点。倘使施耐庵当时能把那历史的梁山泊故事完全丢在脑背后，倘使他能忘了那"三十六大伙，七十二小伙"的故事，倘使他用全副精神来单写鲁智深、林冲、武松、宋江、李逵、石秀等七八个人，他这部书一定格外有精采，一定格外有价值。可惜他终不能完全冲破那历史遗传的水浒轮廓，可惜他总舍不得那一百零八人。但是一个人的文学技能是有限的，绝不能在一部书里创造一百零八个活人物。因此，他不能不东凑一段，西补一块，勉强把一百零八人"挤"上梁山去！闹江州以前，施耐庵确能放手创造，看他写武松一个人便占了全书七分之一，所以能有精采。到了宋江上山以后，全书已去七分之四，还有那四百年传下的"三打祝家庄"的故事没有写（明以前的水浒故事，都把三打祝家庄放在宋江上山之前。），还有那故事相传坐第二把交椅的卢俊义，和关胜、呼延灼、徐宁、燕青等人没有写。于是施耐庵不能不潦草了，不能不杂凑了，不能不敷衍了。最明显的例子是写卢俊义的一大段。这一段硬把一个坐在家里享福的卢俊义拉上山去，已是很笨拙了；又写他信李固而疑燕青，听信了一个算命先生的妖言便去烧香解灾，竟成了一个糊涂汉了！还算得什么豪杰？至于吴用设的诡计，使卢俊义自己在壁上写下反诗，更是浅陋可笑。还有燕青在宋元的水浒故事里本是一个很重要的人物，施耐庵在前六十回竟把他忘了，故不能不勉强把他捉来送给卢俊义做一个家人！此外如打大名府时，宋江忽然生背疽，于是又拉出一个安道全来；又如全书完了，又拉出一个皇甫端来，这种杂凑的写法，实在幼稚得很。推求这种缺点的原因，我们不能不承认施耐庵吃亏在于不敢抛弃那四百年遗传下来的《水浒》旧轮廓。这是很可惜的事。后来《金瓶梅》只写几个人，便能始终贯彻，没有一种敷衍杂凑的弊病了。

我这两种感想是从文学的技术上着想的。至于见解和理想一方面，我本不愿多说话，因为我主张让读者自己虚心去看《水浒传》，不必先怀着一些主观的成见。但我有一个根本观念，要想借《水浒传》作一个具体的例来说明，并想贡献给爱读《水浒传》的诸君，作我这篇长序的结论。

我承认金圣叹确是懂得《水浒》的第一大段，他评前十一回，都无大错。他在第一回批道：

> 为此书者之胸中，吾不知其有何等冤苦，而必设言一百八人，而又远托之于水涯。……今一百八人而有其人，殆不止于伯夷太公居海避纣之志矣。

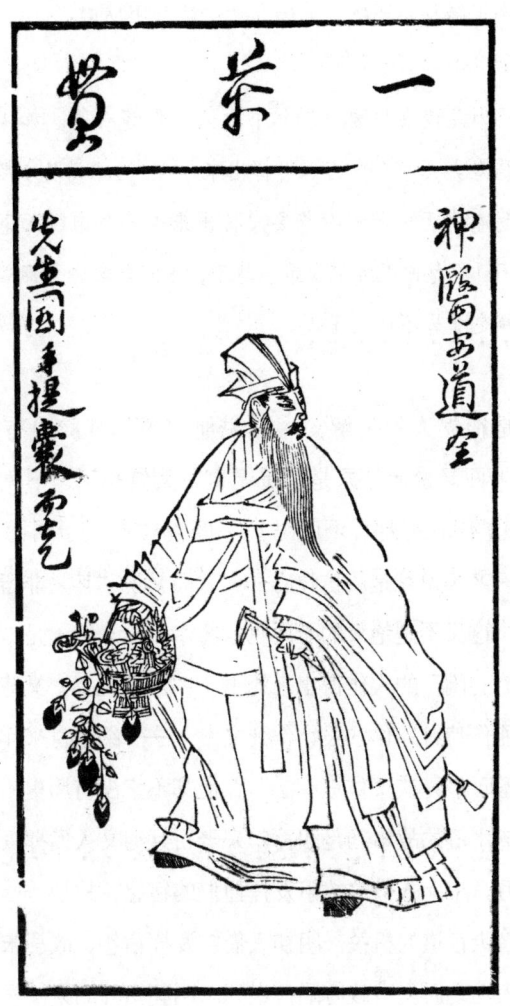

这个见解是不错的。但他在"读法"里又说：

> 大凡读书先要晓得作书之人是何等心胸。如《史记》须是太史公一肚皮宿怨发挥出来。……《水浒传》却不然。施耐庵本无一肚皮宿怨要发挥出来，只是饱暖无事，又值心闲，不免伸纸弄笔，寻个题目，写出自家许多锦心绣口。故其是非皆不谬于圣人。

这是很误人的见解。一面说他"不知其胸中有何等冤苦"，一面又说他"只是饱暖无事，又值心闲，不免伸纸弄笔"，这不是绝大的矛盾吗？一面说"不止于居海避纣之志"——老实说就是反抗政府——一面又说"其是非皆不谬于圣人"，这又不是绝大的矛盾吗？《水浒传》绝不是"饱暖无事，又值心闲"的人作得出来的书。"饱暖无事，又值心闲"的人只能作诗钟，作八股，作死文章，——绝不肯来作《水浒传》。圣叹最爱谈"作史笔法"，他却不幸没有历史的眼光，他不知道水浒的故事乃是四百年来老百姓与文人发挥一肚皮宿怨的地方。宋元人借这故事发挥他们的宿怨，故把一座强盗山寨变成替天行道的机关。明初人借它发挥宿怨，故写宋江等平四寇立大功之后反被政府陷害谋死。明朝中叶的人——所谓施耐庵——借它发挥他的一肚皮宿怨,故削去招安以后的事,作成一部纯粹反抗政府的书。

这部七十回的《水浒传》处处"褒"强盗,处处"贬"官府。这是看《水浒》的人,人人都能得着的感想。圣叹何以独不能得着这个普遍的感觉呢?这又是历史上的关系了。圣叹生在流贼遍天下的时代,眼见张献忠、李自成一班强盗流毒全国,故他觉得强盗是不能提倡的,是应该"口诛笔伐"的。圣叹是一个绝顶聪明的人,故能赏识《水浒传》。但文学家金圣叹究竟被《春秋》笔法家金圣叹误了。他赏识《水浒传》的文学,但他误解了《水浒传》的用意。他不知道七十回本删去招安以后事正是格外反抗政府,他看错了,以为七十回本既不赞成招安,便是深恶宋江等一班人。所以他处处探求《水浒传》的"皮里阳秋",处处把施耐庵恭维宋江之处都解作痛骂宋江。这是他的根本大错。

换句话说,金圣叹对于《水浒》的见解与作《荡寇志》的俞仲华对于《水浒》的见解是很相同的。俞仲华生当嘉庆道光的时代,洪秀全虽未起来,盗贼已遍地皆是,故他认定"既是忠义便不做强盗,既做强盗必不算忠义"的宗旨,作成他的《结水浒传》——即《荡寇志》——要使"天下后世深明盗贼忠义之辨,丝毫不容假借"!(看《荡寇志》诸序。俞仲华死于道光己酉。明年洪秀全起事。）俞仲华的父兄都经过匪乱，故他有"孰知罗贯中之害至于此极耶"的话。他极佩服圣叹，尊为"圣叹先生"，其实这都是因为遭际有相同处的缘故。

圣叹自序在崇祯十四年，正当流贼最猖獗的时候，故他的评本努力要证明《水浒传》"把宋江深恶痛绝，使人见之真有狗彘不食之恨"。但《水浒传》写的一班强盗确是可爱可敬，圣叹绝不能使我们相信《水浒传》深恶痛绝鲁智深、武松、林冲一班人，故圣叹只能说"《水浒传》独恶宋江，亦是歼厥渠魁之意，其余便饶恕了"。好一个强辩的金圣叹！岂但"饶恕"，简直是崇拜！

圣叹又亲见明末的流贼伪降官兵，后复叛去，遂不可收拾。所以他对于《宋史》侯蒙请赦宋江使讨方腊的事，大不满意，故极力驳他，说他"一语有八失"。所以他又极力表章那没有招安以后事的七十回本。其实这都是时代的影响。雁岩山樵当明亡之后，流贼已不成问题，当时的问题乃是国亡的原因和亡国遗民的惨痛等等问题，故雁岩山樵的《水浒后传》极力写宋南渡前后那班奸臣误国的罪状；写燕青冒险到金兵营里把青子黄柑献给道君皇帝；写王铁杖刺杀王黼、杨戬、梁师成三个奸臣；写燕青、李应等把高俅、蔡京、童贯等邀到营里，大开宴会，数说他们误国的罪恶，然后把他们杀了；写金兵掳掠平民，勒索赎金；写无耻奸民，装作金兵模样，帮助仇敌来敲吸同胞的脂髓。这更可见时代的影响了。

这种种不同的时代发生种种不同的文学见解，也发生种种不同的文学作物。——这便是我要贡献给大家的一个根本的文学观念。《水浒传》上下七八百年的历史便是这个观念的具体的例证。不懂得南宋的时代，便不懂得宋江等三十六人的故事何以发生。不懂得宋元之际的时代，便不懂得水浒故事何以发达变化。不懂得元朝一代发生的那么多的水浒故事，便不懂得明初何以产生《水浒传》。不懂得元明之际的文学史，便不懂得明初的《水浒传》何以那样幼稚。不读《明史》的功臣传，便不懂得明初的《水浒传》何以于固有的招安的事之外又加上宋江等有功被谗遭害和李俊燕青见机远遁等事。不读《明史》的《文苑传》，不懂得明朝中叶的文学进化的程度，便不懂得七十回本《水浒传》的价值。不懂得明末流贼的大乱，便不懂得金圣叹的《水浒》见解何以那样迂腐。不懂得明末清初的历史，便不懂得雁岩山樵的《水浒后传》。不懂得嘉庆道光间的遍地匪乱，便不懂得俞仲华的《荡寇志》。——这叫作历史进化的文学观念。

参考书举要

《宣和遗事》 （商务印书馆本）

《癸辛杂识》续集 周密 （在《稗海》中）

《元曲选》 臧晋叔 （商务影印本）

《录鬼簿》 钟继先

《杂剧十段锦》 （董康影印本）

《七修类稿》 郎瑛

《李氏焚书》 李贽

《茶香室丛钞，续钞，三钞》 俞樾

《小浮梅槛闲话》 俞樾

《征四寇》

《水浒后传》

　　　　　　　九，七，二七，晨二时脱稿。

　　　　　　　　　（《胡适文存》卷三）

《水浒传》后考

去年七月里,我作了一篇《〈水浒传〉考证》,提出了几个假定的结论:

(1)元朝只有一个雏形的水浒故事和一些草创的水浒人物,但没有《水浒传》。(亚东本页一○—二八)

(2)元朝文学家的文学技术还在幼稚的时代,绝不能产生我们现在有的《水浒传》。(页二八—三四)

(3)明朝初年有一部《水浒传》出现,这部书还是很幼稚的。我们叫它作"原百回本《水浒传》"。(页四二—四九)

(4)明朝中叶——约当弘治正德的时代(西历一五○○上下)——另有一种《水浒传》出现。这部书只有七十回(连楔子七十一回),是用那"原百回本"来重新改造过的,大致与我们现有的金圣叹本相同。这一本,我们叫它作"七十回本《水浒传》"。(页四五—五二)

（5）到了明嘉靖朝，武定侯郭勋刻出一部定本《水浒传》来。这部书是有一百回的。前七十回全采"七十回本"，后三十回是删改"原百回本"后半的四五十回而成的。"原百回本"的后半有征田虎，征王庆两大部分；郭本把这两部分都删去了。这个本子，我们叫它作"新百回本"，或叫作"郭本"。（页四五—五一）

（6）明朝最通行的《水浒传》，大概都是这个"新百回本"。后来李贽评点的《忠义水浒传》也是这个"郭本"。直到明末，金圣叹说他家贯华堂藏有七十回的古本《水浒传》，他用这个七十回本来校改"新百回本"，定前七十回为施耐庵作的，七十回以下为罗贯中续的。有些人不信金圣叹有七十回的古本，但我觉得他没有假托古本的必要，故我假定他有一种七十回本作底本。他虽有小删改的地方，但这个七十回本的大体必与那新百回本《忠义水浒传》的前七十回相差不远，因为我假设那新百回本的前七十回是全采那明朝中叶的七十回本的。（页三五—五二）

（7）我不信金圣叹说七十回以后为罗贯中所续的话。我假定原百回本为明初的出产品，罗贯中既是明初的人，也许他即是这原百回本的著者。但施耐庵大概是一个文人的假名，也许即是那七十回本的著者的假名。（页五一—五四）

这是我十个月以前考证《水浒传》的几条假设的结论。我在这十个月之中先后收得许多关于《水浒》的新材料，有些可以纠正我的假设，有些可以证实我的结论。故我趁这部新式标点的《水浒》再版的机会，把这些新材料整理出个头绪来，作成这篇后考。

我去年作《考证》时，只曾见着几种七十回本的《水浒》，其余的版本我都不曾见着。现在我收到的《水浒》版本有下列的各种：

（1）李卓吾批点《忠义水浒传》百回本的第一回至第十回。

此书为日本冈岛璞加训点之本，刻于享保十三年（西历一七二八），是用明刻本精刻的。此书仅刻成二十回，第十一回至第二十回刻于宝历九年，但更不易得。这十回是我的朋友青木正儿先生送我的。

（2）百回本《忠义水浒传》的日本译本。

冈岛璞译，日本明治四十年东京共同出版株式会社印行，大正二年再版。明刻百回本《忠义水浒传》现已不可得，日本内阁文库藏有一部，此外我竟不知道有第二本了。冈岛译本可以使我们考见《忠义水浒传》的内容，故可宝贵。

（3）百十五回本《忠义水浒传》。

此本与《三国演义》合刻，每页分上下两截，上截为《水浒》，下截为《三国》，合称《英雄谱》。坊间今改称"汉宋奇书"。我买得两种，一种首页有"省城福文堂藏版"字样，我疑心这是福建刻本。此书原本是大字本，有铃木豹轩先生的藏本可参考；但我买到的两种都是翻刻的小本，里面的《三国志》已改用毛宗岗评本了。但卷首有熊飞的序，自述合刻《英雄谱》的理由，中有"东望而三经略之魄尚震，西望而两开府之魂未招；飞鸟尚自知时，嫠妇犹勤国恤"的话，可见初刻时大概在明崇祯末年。

（4）百二十四回本《水浒传》。

首页刻"光绪己卯新镌，大道堂藏版"。有乾隆丙午年古杭枚简侯的序。后附有雁宕山樵的《水浒后传》，首页有"姑苏原版"的篆文图章。大概这书是在江苏刻的。《后传》版本颇佳，但那百二十四回的《前传》版本很坏。

此外，还有两种版本，我自己虽不曾见着，幸蒙青木正儿先生替我抄得回目与序例的：

（5）百十回本的《忠义水浒传》。（日本京都帝国大学铃木豹轩[①]先生藏）

这也是一种"英雄谱"本，内容与百十五回本略同，合刻

---

① 即铃木虎雄，号豹轩。——编者注

的《三国志》还是"李卓吾评本"。铃木先生藏的这一本上有原藏此书的中国商人的跋,有康熙十二年至十八年的年月,可见此书刻于明末或清初,大概即是百十五回本的底本。

(6)百二十回本《忠义水浒全书》。(日本京都府立图书馆藏)

这是一种明刻本,有杨定见序,自称为"事卓吾先生"之人,大概这书刻于天启崇祯年间。这书有"发凡"十一条,说明增加二十回的缘起。这书增加的二十回虽然也是记田虎、王庆两寇事的,但依回目看来,与上文(3)(4)(5)三种本子很有不同的地方。

我现在且把《水浒》各种本子综合的内容,分作六大部分,再把各本的有无详略分开注明:

第一部分,自张天师祈禳瘟疫,到梁山泊发现石碣天文——即今本《水浒传》七十一回的全部。

(1)百回本自第一回到七十一回,内容同,文字略有小差异,多一些骈句与韵语。七十一回无卢俊义的一梦。

(2)百二十回本自第一回到七十一回,与百回本同。也无卢俊义的梦。

(3)百十回本自第一回到六十一回,内容同,文字略有删节之处。回数虽有并省,事实并未删减。发现石碣后,也无卢俊义的梦。

（4）百十五回本自第一回至六十六回，内容同，文字与百十回本略同，回数比百十回本稍多，但事实相同。也无卢俊义的梦。

（5）百二十四回本自第一回至七十回，内容同，但文字删节太多了，有时竟不成文理。也无卢俊义的梦。

第二部分，自宋江柴进等上东京看灯，到梁山泊全伙受招安——即今《征四寇》的第一回到十一回。

（1）百回本自第七十二回到八十二回，内容同。

（2）百二十回本自第七十二回到八十二回，内容同。

（3）百十回本自第六十二回到七十二回，内容同。

（4）百十五回本自第六十七回至七十七回，内容同。

（5）百二十四回本自第七十一回至八十一回，内容同。

第三部分，自宋江等奉诏征辽，到征辽凯旋时——即今《征四寇》的第十二回到十七回。

（1）百回本自第八十三回到九十回，比《征四寇》多两回，但事实略同。

（2）百二十回本自第八十三回到九十回，与百回本同，但第九十回改"双林渡燕青射雁"为"双林镇燕青遇故"。

（3）百十回本自第七十三回到八十回，——内缺第七十五回——内容与《征四寇》同。

（4）百十五回本自第七十八回到八十三回，内容同《征四寇》。

（5）百二十四回本自第八十二回到九十回，回目加多，文字更简，但事实无大差异。

第四部分，自宋江奉诏征田虎，到宋江平了田虎回京——即今《征四寇》第十八回到二十八回。

（1）百回本，无。

（2）百二十回本自第九十一回到一百回。回目与《征四寇》全不同。事实有些相同的，例如琼英匹配张清，花和尚解脱缘缠井，乔道清作法，都是《征四寇》里有的事。也有许多事实大不同，例如此书有陈瓘的事，但《征四寇》不曾提起他。

（3）百十回本自第八十一回到九十一回，全同《征四寇》。

（4）百十五回本自第八十四回到九十四回，全同《征四寇》。

（5）百二十四回本自第九十一回到一百零一回，同《征四寇》。

第五部分，自追叙"高俅恩报柳世雄"起，到宋江讨平王庆回京——即今《征四寇》的第二十九回到四十回。

（1）百回本，无。

（2）百二十回本自第百零一回到百十回，回目与《征四寇》全不同。事实与人物有同有异，写王庆一生与各本大不同。

（3）百十回本自第九十二回到百零一回，事实全同《征四寇》，但回目减少两回。

（4）百十五回本自第九十五回到百零六回，回目与事实全同《征四寇》。

（5）百二十四回本自第百零二回到百十四回，回目多一回，事实全同《征四寇》。

第六部分，自宋江请征方腊，到宋江、李逵、吴用、花荣死后宋徽宗梦游梁山泊——即《征四寇》的第四十一回到四十九回。

（1）百回本自第九十回的下半到一百回，与《征四寇》相同。

（2）百二十回本自第百十回的下半到百二十回，与《征四寇》相同。

（3）百十回本自第百零一回的下半到百十回，与《征四寇》相同。

（4）百十五回本自第百零六回的下半到百十回，与《征四寇》相同。

（5）百二十四回本自第百十四回的下半到百二十四回，与《征四寇》相同。

这个内容的分析之中，最可注意的约有几点：

第一，今本七十一回的《水浒传》，各本都有，并且内容相同。这一层可以证实我的假设："新百回本的前七十回与今本七十回没有什么大不同的地方。"

第二，《忠义水浒传》（新百回本）第七十一回以后，果然没有田虎与王庆的两大部分。我在《考证》里（页四八）说新百回本已无四寇，仅有二寇，这个假设也有证明了。

第三，我在《考证》里（页四八）说："《征四寇》这部书乃是原百回本的下半部。《征四寇》现存四十九回，与圣叹说的三十回不合。我试删去征田虎及征王庆的二十回，恰存二十九回；第一回之前显然还有硬删去的一回，合起来恰是三十回。"这个推算现在得了无数证据，最重要的证据是百二十四回本的发凡十一条中有一条说："郭武定本，即旧本，移置阎婆事甚善。其于寇中去王田而加辽国，犹是小说家照应之法，不知大手笔者正不尔尔，如本内王进开章而不复收缴，此所以异诸小说而为小说之圣也欤！"这一条说明王田两寇是删去的，辽国一部分是添入的。删王田一层可以证实我的假设，添辽国一层可以纠正我的考证。原本是有王田方三寇（与宋江为四寇）而没有征辽一部分的。

第四，看上文引的百二十回本的发凡，可知新百回本有和原本《水浒传》不同的许多地方：（1）阎婆事曾经"移置"，（2）加入征辽一段，（3）删去田虎一段，（4）又删去王庆一段，（5）发凡又说，"古本有罗氏致语，相传灯花婆婆等事，既不可复见"。这又可印证周亮工《书影》说的"故老传闻，罗氏《水浒传》一百回，各以妖异语冠其首；嘉靖时郭武定重刻其书，削其致语，独存本传"的话是可信的。我去年误认《征四寇》每回前面的诗句即是周氏说的妖异语（页四八），那是错了。（《"致语"考》见后）罗氏原本的致语当刻百二十回本时已不可复见。但《书影》与百二十回本发凡说的话都可以帮助我的两个假设："原百回本是很幼稚的"，"原百回本与新百回本大不相同"。

第五，百二十回本的发凡又说："忠义者，事君处友之善物也。不忠不义，其人虽生，已朽；其言虽美，弗传。此一百八人者，忠义之聚于山林者也；此百二十回者，忠义之见于笔墨者也。失之于正史，求之于稗官；失之于衣冠，求之于草野。盖欲以动君子而使小人亦不得借以行其私。故李氏复加'忠义'二字，有以也夫！"这样看来，"忠义"二字是李贽加上去的了。但我们细看《忠义水浒传》的刻本与译本，再细看百二十回本的发凡,可以推知《忠义水浒传》是用郭武定本作底本的;虽另加"忠义"二字,虽加评点(评语甚短,又甚少),但这个本与郭本可算是一个本子。

第六,新百回本的内容我们现在既已知道了,我们从此就可以断定《征四寇》与其他各本的田虎、王庆两大段是原百回本留剩下来的。原百回本虽已不可见,但我们看这两大段便知《水浒传》的原本的见解与技术实在不高明。我且举例为证。百十五回本第九十五回写高俅要报答柳世雄的旧恩,唤提调官张斌曰:

> 此人是吾恩人,欲与一好差职,代我处置。
>
> 张斌禀曰:
>
> 只有一个,是十万禁军教头王庆,少四个月便出职。原日因六国差开使臣张来勒我朝廷枪手出试,斗敌胜负。做了六国赏罚文字,若胜便不来侵我国;若输与六国,那时每年纳六国岁币。这六国是九子国,都与国,龙驰国,菹泊国,野马国,新建国。却得王庆取了军令状,就金殿下与"六国强"比枪,被王庆刺死。止有四个月满,便升总管。太尉要报恩人,只要王庆肯让,便好。

这种鄙陋的见解，与今本《水浒》写八十万禁军教头王进一段相比，真有天地的悬隔了。我在《考证》里（页四八，又五五）说王进即是原本的王庆，我现在细看各本记王庆得罪高俅的一段，觉得我那个假设是不错的。即如今本《水浒》第一回写高俅被开封府尹逐出东京之后，来淮西临淮州投奔柳世权，后来大赦之后，柳世权写信把高俅荐给东京开生药铺的董将士。这个临淮州的柳世权即是原本的灵璧县的柳世雄。临淮旧治即在明朝的临壁县；大概原本作灵璧县，"施耐庵"嫌它不古，故改为临淮州。"施耐庵"把王庆提前八十回，改为王进；又把灵璧县的柳世雄也提前八十回，改为临淮州的柳世权。王庆的事本无历史的根据，六国比武的话更鄙陋无据，故被全删了。田虎的事实也无历史的根据，故也被全删了。方腊是有历史的根据的，故方腊一大段仍保留不删。明朝的边患与宋朝略同，都在东北境上，故新百回本加入征辽一大段，以补那删去的王田两寇。况且征辽班师时，鲁智深与宋江等同上五台山参拜智真长老，并不曾提及山西有乱事。原本说田虎之乱起于山西沁州，占据河北郡县，都在今山西境内，离五台山很近。故田虎一大段的地理与事实都和征辽一大段不能并立。这大概也是田虎所以删去的一个原因。

第七，但百二十回本的发凡里还有一段话最可注意。他说：

古本有罗氏"致语",相传灯花婆婆等事,既不可复见,乃后人有因四大寇之拘而酌损之者,有嫌一百二十回之繁而淘汰之者,皆失。

这几句话很重要,因为我们从此可以知道李贽评本以前已有一种百二十回本,是我们现在知道的百二十回本的祖宗。这种百二十回本大概是前九十回采用郭本,加入原本的王田二寇,后十回仍用郭本,遂成百二十回了。大概前七十一回已经在改作时放大了,拉长了,故后来无论如何不能恢复百回之旧,郭本所以不能不删二寇,这也是一个原因;其余各本凡不删二寇的,无论如何删节,总不能不在百十以外,也是为了这个缘故。

总结起来,我们可以说:

(1)前七十一回,自从郭武定本(新百回本)出来之后,便不曾经过大改动了。文字上的小修正是有的。例如郭本第一回之前有一篇很短的"引首",专写宋朝开基以至嘉祐三年,底下才是第一回"张天师祈禳瘟疫,洪太尉误走妖魔";今七十回本把"引首"并入第一回,合称"楔子"。照文字看来,这种归并与修改恐怕是郭本以后的事,也许是金圣叹作的,因为除了金圣叹本之外,没有别本是这样分合的。这是较大的修正。此外,郭本第七十一回发见石碣天文之后便是"梁山泊英雄排坐次"，坐次排定后即是大聚义的宣誓；宣誓后接写重阳大宴，宋江表示希望朝廷招安之意，武松李逵都不满意，宋江愤怒杀李逵，经诸将力劝始赦了他。此下便是山下捉得莱州解灯上京的人，宋江因此想上东京游玩。各本都有莱州解灯人一段（《征四寇》误删此段），但都没有卢俊义的梦。只有七十回本是有这个梦的。这是最重要的异点。

（2）第二部分——自上东京看灯到招安——各本都有。这一大段之中，有黑旋风乔捉鬼、双献头、乔坐衙等事，都是元曲里很幼稚的故事，大概这些还是原百回本的遗留物。但这一大段里有"燕青月夜遇道君"一节，写得颇好。大概这一大段有潦草因袭的部分，也有用气力改作的部分。自从郭武定本出来之后，这一大段也就不曾有什么大改动了。

（3）第三部分——征辽至凯旋——是郭武定本加入的，这一大段之中，写征辽的几次战事实在平常得很。五台山见智真长老的一节，我疑心是原百回本征田虎的末段，因为田虎在山西作乱，故乱平后鲁智深与宋江乘便往游五台山。郭武定本既删田虎的一大段，故把五台参禅的一节留下，作为征辽班师时的事。这一部分自从郭本加入以后，也就无人敢删去了。

（4）第四部分与第五部分——田虎与王庆两寇——是原百回本有的，郭本始删去，至百二十回本又恢复回来；百十回本，百十五回本，百二十四回本也都恢复回来。这两部分的叙述实在没有文学的价值，但它们的侥幸留下来也可使我们考见原百回的性质，可以给我们一种比较的材料。最可注意的一点是这两部分的文字有两种大不同的本子：一种是百二十回本，一种是百十回本，百十五回本，《征四寇》本，与百二十四回本。百二十回本是用原百回本的材料来重新作过的。何以知道是用原材料呢？因为这里面的事实如缘缠井一节，即是元曲《黑旋风斗鸡会》的故事，是一证；有许多人物——如琼英、邬梨、乔道清、龚端、段家——皆与各本相同，是二证。何以知是重新作过的呢？因为百二十回本写王庆的事实与各本都不同。各本的回目如下：

> 高俅恩报柳世雄，王庆被陷配淮西。
> 王庆遇龚十五郎，满村嫌黄达闹场。
> 王庆打死张太尉，夜走永州遇李杰。
> 快活林王庆使棒，段三娘招赘王庆。

百二十回本的回目如下：

> 谋坟地阴险产逆，踏春阳妖艳生奸。

王庆因奸吃官司，龚端被打师军犯。

张管营因妾弟丧身，范节级为表兄医脸。

段家庄重招新女婿，房山寨双并旧强人。

这里面第四回的回目虽不同，事实却相同；那前三回竟完全不同。大概百二十回本的编纂人也知道"高俅恩报柳世雄"一回的人物事实显然和王进一回的人物事实有重复的嫌疑，故他重造出一种王庆故事，把王庆写成一个坏强盗的样子。这是百二十回本重新作过的最大证据。此外还有一个证据：百回本的第九十回是"双林渡燕青射雁"（即《征四寇》的第十七回），百二十回本把这一件事分作两回，改九十回为"双林镇燕青遇故"，后面接入田虎王庆的二十回，至百十回方才是"燕青秋林渡射雁"。这种穿凿的痕迹更明显了。

百十回本、百十五回本、百二十四回本、《征四寇》本，这四种本子的田虎、王庆两部分好像是用原百回本的原文，虽不免有小改动，但改动的地方大概不多。

（5）第六部分——平方腊一段与卢俊义、宋江等被毒死一段——是郭武定本有的，后来各本也差不多全采郭本，不敢大改动。平方腊一段平常得很，大概是依据原百回本的。出征方腊之前的一段（百回本的第九十回）写宋江等破辽回京，李逵燕青偷进城去游玩，在一家勾栏里听得一个人说书，说的是《三国志》关云长刮骨疗毒的故事。《三国志》的初次成书也是在明朝初年，这又可见《水浒》的改定必在《三国志》之后了。

平定方腊以后的一段，写鲁智深之死，写燕青之去，写宋江之死，写徽宗梦游梁山泊，都颇有文学意味，可算是《忠义水浒传》后三十回中最精采的部分。这一段写宋江之死一节最好：

> 宋江自饮御酒之后，觉得心腹疼痛，想被下药在酒里，急令人打听，……已知中了奸计，乃叹曰："我自幼学儒，长而通吏，不幸失身于罪人，并不曾行半点欺心之事。今日天子听信奸佞，赐我药酒。我死不争，只有李逵见在润州，他若闻知朝廷行此意，必去哨聚山林，把我等一世忠义坏了。"连夜差人往润州唤取李逵刻日到楚州。……李逵到楚州拜见，宋江曰："……特请你来商议一件大事。"李逵曰："甚么大事？"宋江曰："你且饮酒。"宋江请进后厅款待，李逵吃了半晌酒食。宋江曰："贤弟，我听朝廷差使人送药酒来赐与我吃。如死，却是怎的好？"李逵大叫："反了罢！"宋江曰："军马都没了，兄弟等又各分散，如何反得成？"李逵曰："我镇江有三千军马，哥哥楚州军马尽点起来，再上梁山泊，强在这里受气！"宋

江曰："兄弟，你休怪我。前日朝廷差天使赐药酒与我服了。我死后恐你造反，坏了我忠义之名，因此请你来相见一面，酒中已与你慢药服了。回至润州必死。你死之后，可来楚州南门外蓼儿洼，和你阴魂相聚。"言讫，泪如雨下。李逵亦垂泪曰："生时服侍哥哥，死了也只是哥哥部下一个小鬼。"言毕，便觉身子沉重，洒泪拜别下船。回到润州，果然药发。李逵将死，吩咐从人："将我灵柩去楚州南门外蓼儿洼与哥哥一处葬。"从人不负其言，扶柩而往，……葬于宋江墓侧。

这种见解明明是对于明初杀害功臣有感而发的。因为这是一种真的感慨，故那种幼稚的原本《水浒传》里也会有这样哀艳的文章。

大概《水浒》的末段是依据原百回本的旧本的，改动的地方很少。郭刻本的篇末有诗云：

> 由来义气包天地，只在人心方寸间。
> 罡煞庙前秋日净，英魂常伴月光寒。

又诗云：

> 梁山寒日澹无辉，忠义堂深昼漏迟。
> 孤冢有人荐苹藻，六陵无泪湿冠衣。……

但《征四寇》本，百十五回本，百二十四回本，都没有这两首诗，都另有两首诗，大概是原本有的。

其一首云：

> 莫把行藏怨老天，韩彭当日亦堪怜。
> 一心报国摧锋日，百战擒辽破腊年。
> 煞曜罡星今已矣，佞臣贼子尚依然！
> 早知鸩毒埋黄坏，学取烟波泛钓船。

这里我圈出的五句，很可表现当日作书的人的感慨。最可注意的是这几种本子通篇没有批评，篇末却都有两条评语：

> 评：公明一腔忠义，宋家以鸩饮报之。昔人云，"高鸟尽，良弓藏；狡兔死，走狗烹"。千古名言！
> 又评：阅此须阅《南华》"齐物"等篇，始浇胸中块垒。

第一条评明是点出"学取烟波泛钓船"的意思。《水浒》

末段写燕青辞主而去,李俊远走海外,都只是这个意思。燕青一段很有可研究之点,我先引百十五回本(百二十四回本与《征四寇》本皆同)这一段:

> 燕青来见卢俊义曰:"小人蒙主人恩德,今日成名,就请主人回去,寻个僻静去处,以终天年。未知如何?"卢俊义曰:"我今日功成名显,正当衣锦还乡封妻荫子之时,却寻个没结果!"燕青笑曰:"小人此去,正有结果。恐主人此去无结果。岂不闻韩信立十大功劳,只落得未央宫前斩首?"卢俊义不听,燕青又曰:"今日不听,恐悔之晚矣。……"拜了四拜,收拾一担金银,竟不知投何处去。

燕青还有留别宋江的一封书,书中附诗一首:

> 情愿自将官诰纳,不求富贵不求荣。
> 身边自有君王赦,淡饭黄齑过此生。

那封书和那首诗都被郭本改了,改的诗是:

> 雁序分飞自可惊,纳还官诰不求荣。

> 身边自有君王赦，洒脱风尘过此生。

这样一改，虽然更"文"了，但结句远不如原文。那封信也是如此。大概原本虽然幼稚，有时颇有它的朴素的好处。我们拿百十五回本、《征四寇》本、百二十四回本的末段和郭本的末段比较之后，就不能不认那三种本子为原文而郭本的末段为改本了。

以上所说，大概可以使我们知道原百回本与新百回本的内容了，又可以知道明朝末年那许多百十回以上的《水浒》本子所以发生的缘故了。但我假设的那个明朝中叶的七十回本究竟有没有，这个问题却不曾多得那些新材料的帮助。我们虽已能证实"郭本《水浒传》的前七十一回与金圣叹本大体相同"，但我们还不能确定，（1）嘉靖朝的郭武定本以前，是否真有一个七十一回本，（2）郭本的前七十一回是否真用一种七十回本来修改原百回本的。

我疑心这个本子虽然未必像金圣叹本那样高明，但原百回本与郭本之间，很像曾有一个七十回本。

我的疑心，除了去年我说的理由之外，还有三个新的根据：

（1）明人胡应麟（万历四年举人）的《庄岳委谈》卷下有一段云：杨用修（一四八八——一五五九）《词品》云：

《瓮天脞语》载宋江潜至李师师家，题一词于壁云：

天南地北，问乾坤何处可容狂客？借得山东烟水寨，来买凤城春色。翠袖围香，鲛绡笼玉，一笑千金值！神仙体态，薄幸如何销得？

想芦叶滩头，蓼花汀畔，皓月空凝碧。六六雁行连八九，只待金鸡消息。义胆包天，忠肝盖地，四海无人识。闲愁万种，醉乡一夜头白！

"小词盛于宋，而剧贼亦工如此。"案此即《水浒》词，杨谓《瓮天》，或有别据。第以江尝入洛，则太愦愦也。

杨慎在《明史》里有"书无所不览"之称，又有"明世记诵之博，著作之富，推慎为第一"的荣誉。他引的这词，见于郭本《水浒传》的第七十二回。我们看他在《词品》里引《瓮天脞语》，好像他并不知道此词见于《水浒》。难道他不曾见着《水浒》吗？他是正德六年的状元，嘉靖三年谪戍到云南，以后他就没有离开云南四川两省。郭本《水浒传》是嘉靖时刻的，刻时杨慎已谪戍了，故杨慎未见郭本是无可疑的。我疑心杨慎那时见的《水浒》是一种没有后三十回的七十回本，故此词不在内。他的时代与我去年猜的"弘治正德之间"，也很相符。这是我的一个根据。

（2）我还可以举一个内证。七十回本的第四回写鲁智深大闹五台山之后，智真长老送他上东京大相国寺去，临别时，智真长老说：

> 我夜来看了，赠汝四句偈言，你可终身受用……遇林而起，遇山而富，遇州而迁，遇江而止。

第三句，《忠义水浒传》作"遇州而兴"，百十五回本与百二十四回本作"遇水而兴"。余三句各本皆同。这四句"终身受用"的偈言在那七十回本里自然不发生问题，因为鲁智深自从二龙山并上梁山见宋江之后，遂没有什么可记的事了。但郭本以后，鲁智深还有擒方腊的大功，这四句偈言遂不能"终身受用"了。所以后来五台山参禅一回又添出"逢夏而擒，遇腊而执，听潮而圆，见信而寂"四句，也是"终身受用"的！我因此疑心"遇林而起……遇江而止"四句是七十回本独有的，故不提到招安以后的事。后来嘉靖时郭本刻采用七十回本，也不曾删去。不然，这"终身受用"的偈言何以不提到七十一回以后的终身大事呢？我们看清初人作的《虎囊弹传奇》中《醉打山门》一出写智真长老的偈言便不用前四句而用后四句，可见从前也有人觉得前四句不够作鲁智深的终身偈语的。这也是我疑心嘉靖以前有一种七十回本的一个根据。

（3）但是最大的根据仍旧是前七十回与后三十回的内容，前七十回的见解与技术都远胜于后三十回。田虎、王庆两部分的幼稚，我们可以不必谈了。就单论《忠义水浒传》的后三十回罢。这三十回之中，我在上文已说过，只有末段最好，此外只有燕青月夜遇道君一段也还可读，其余的部分实在都平常得很。那特别加入的征辽一部分，既无历史的根据，又无出色的写法，实在没有什么价值。那因袭的方腊一部分更平凡了。这两部分还比不上前七十回中第四十六回以下的庸劣部分，更不消说那闹江州以前的精采部分了。很可注意的是李逵乔坐衙、双献头、燕青射雁等等自元曲遗传下来的几桩故事，都是七插八凑地硬拉进去的零碎小节，都是很幼稚的作品。更可注意的是柴进簪花入禁院时看见皇帝亲笔写的四大寇姓名：宋江、田虎、王庆、方腊。前七十回里从无一字提起田虎、王庆、方腊三人的事，此时忽然出现。这一层最可以使我们推想前七十一回是一种单独结构的本子，与那特别注重招安以后宋江等立功受谗害的原百回本完全是两种独立的作品。因此，我疑心嘉靖以前曾有这个七十回本，这个本子是把原百回本前面的大半部完全拆毁了重作的，有一部分——王进的事——是取材于后半部王庆的事的。这部七十回本的《水浒传》在当时已能有代替那幼稚的原百回本的势力，故那有"灯花婆婆"一类的致语的原本很早就被打倒了。看百二十回本发凡，我们可以知道那有致语的古本早已"不可复见"。但嘉靖以前也许还有别种本子，采用七十回的改本而保存原本后半部的，略如百十回本与百十五回本的样子。至嘉靖时，方才有那加辽国而删田虎王庆的百回本出现。这个新百回本的前七十一回是全用这七十回本的，因为这七十回本改造的太好了，故后来的一切本子，都不能不用它。又因原本的后半部还被保存着，而且后半部也有一点精采动人的地方，故这新百回本又把原本后半的一部分收入，删去王田，加入辽国，凑成一百回。但我们要注意：辽国一段，至多不过八回（百十五回本只有六回），王、田二寇的两段却有二十回。何以减掉二十回，加入八回，郭本仍旧有一百回呢？这岂不明明指出那前七十一回是用原本的前五十几回来放大了重新作过的吗？因为原本的五十几回被这个无名的"施耐庵"拉长成七十一回了，郭刻本要守那百回的旧回数，故不能不删去田王二寇，但删二十回又不是百回了，故不能不加入辽国的七八回。依我们的观察，前七十回的文章与后三十回的文章既不像一个人作的，我们就不能不假定那前七十一回原是嘉靖以前的一种单独作品，后来被郭刻本收入——或用它来改原本的前五十几回，这是我所以假定这个七十回本的最大理由。

我们现在可以修正我去年作的《水浒》渊源表（五四）如下：

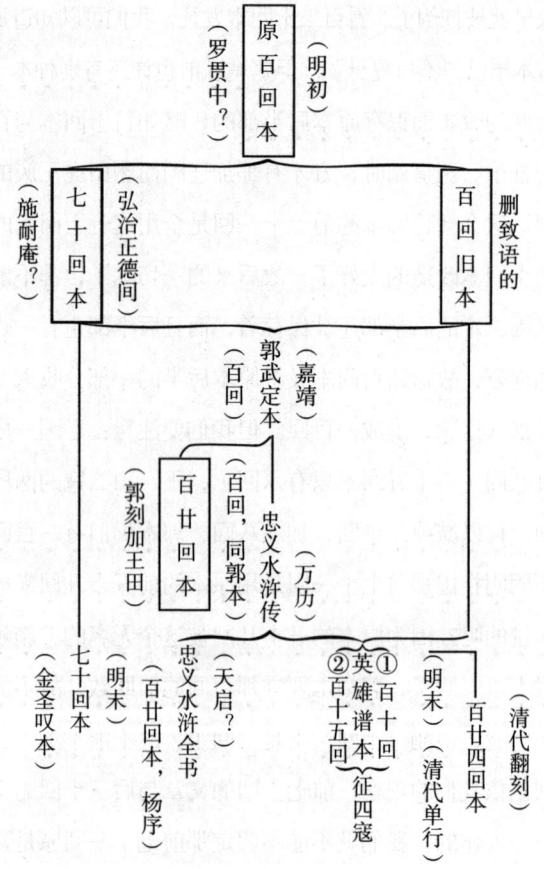

（注）四围加线的皆是我假设的本子。

以上是我的《水浒传》后考。这十个月以来发现的新材料居然证实了我的几个大胆的假设,这自然是我欢喜的。但我更欢喜的,是我假定的那些结论之中有几个误点现在有了新材料的帮助,居然都得着有价值的纠正。此外自然还不免有别的误点,我很希望国中与国外爱读《水浒》的人都肯随时指出我的错误,随时搜集关于《水浒》的新材料,帮助这个《水浒》问题的解决。我最感谢我的朋友青木正儿先生,他把我搜求《水浒》材料的事看作他自己的事一样;他对于《水浒》的热心,真使我十分感激。如果中国爱读《水浒》的人都能像青木先生那样热心,这个《水浒》问题不日就可以解决了!

青木先生又借给我第一卷第五期《艺文》杂志(明治四十三年四月),内有日本京都帝国大学狩野直喜先生的《水浒传与支那戏曲》一篇。狩野先生用的材料——从《宣和遗事》到元明的戏曲——差不多完全与我用的材料相同。他的结论是:"或者在大《水浒传》之前,恐怕还有许多小《水浒传》,渐渐积聚起来,后来成为像现在这种《水浒传》。……我们根据这种理由,一定要把现在的《水浒传》出现的时代移后。"这个结论也和我的《〈水浒传〉考证》的结论相同。这种不约而同的印证使我非常高兴。因为这种印证可以使我们格外觉悟:如果我们能打破遗传的成见,能放弃主观的我见,能处处尊重物观的证据，我们一定可以得到相同的结论。

我为了这部《水浒传》，作了四五万字的考证，我知道一定有人笑我太不爱惜精神与时间了。但我自己觉得，我在《水浒传》上面花费了这点精力与日力是很值得的。我曾说过：

> 做学问的人当看自己性之所近，拣选所要做的学问；拣定之后，当存一个"为真理而求真理"的态度。
>
> ……学问是平等的。发明一个字的古义，与发现一颗恒星，都是一大功绩。（《新潮》二卷一号，页五六）

我这几篇小说考证里的结论也许都是错的，但我自信我这一点研究的态度是决不会错的。

附录:"致语"考

《考证》引周亮工《书影》云:"故老传闻,罗氏《水浒传》一百回,各以妖异语冠其首。嘉靖时,郭武定重刻其书,削其致语,独存本传。"这段中"致语"二字初版皆误作"叙语"。我怕读者因此误解这两个字,故除在再版里更正外,另作这篇"致语"考。

致语即是致辞,旧名"乐语",又名"念语"。《宋文鉴》第一百三十二卷全载"乐语",中有:

宋祁　教坊致语一套
王珪　教坊致语一套
元绛　集英殿秋宴教坊致语一套
苏轼　集英殿秋宴教坊致语一套

以上皆皇帝大宴时的"致语"。又有

  欧阳修 会老堂致语一篇（《宋文鉴》）
  陆游 徐稚山庆八十乐语一篇，致语二篇。（皆见《渭南文集》四十二）

以上皆私家大宴时的"致语"。陆游还有《天申节致语》三篇，也是皇帝大宴时用的。此外宋人文集中还有一些致语。

《宋史·乐志》（一四二）记教坊队舞之制，共分两部：一为小儿队，一为女弟子队。每逢皇帝春秋圣节三大宴时，仪节分十九步：

第一，皇帝升坐，宰相进酒，庭中吹觱栗，以众乐和之。赐群臣酒，皆就坐。宰相饮，作《倾杯乐》；百官饮，作《三台》。

第二，皇帝再举酒，群臣立于席后，乐以歌起。

第三，皇帝举酒，如第二之制，以次进食。

第四，百戏皆作。

第五，皇帝举酒。

第六，乐工致辞，继以诗一章，谓之口号，皆述德美及中外蹈咏之情。初致辞，群臣皆起听，辞毕再拜。

第七，合奏大曲。

第八，皇帝举酒，殿上独弹琵琶。

第九，小儿队舞，亦致辞以述德美。

第十，杂剧，罢，皇帝起更衣。

第十一，皇帝再坐，举酒，殿上独吹笙。

第十二，蹴鞠。

第十三，皇帝举酒，殿上独弹筝。

第十四，女弟子队舞，亦致辞如小儿队。

第十五，杂剧。

第十六，皇帝举酒。

第十七，奏《鼓吹曲》，或用《法曲》，或用《龟兹》。

第十八，皇帝举酒，食罢。

第十九，用角觝，宴毕。

这里面，第六、第九、第十四，都有"致语"一篇；此外，第七、第十、第十五，也都有稍短的引子。这些致语都是当时的词臣代作的。

这样看来，"致语"本是舞队奏舞以前的颂辞。皇帝大宴与私家会宴，凡用乐舞的，都有致语。后来大概不但乐舞有致语，就是说平话的也有一种致语。这种小说的致语大概是用四六句调或是韵文的。百二十回本的发凡说：

古本有罗氏致语，相传"灯花婆婆"等事，既不可复见。"灯花婆婆"是什么东西呢？王国维先生的《戏曲考原》（《国粹学报》第五十期）有一段说：

> 钱曾《也是园书目》戏曲类中，除杂剧套数外，尚有宋人词话十余种。其目为《灯花婆婆》《种瓜张老》《紫罗盖头》《女报冤》，……凡十二种。其书虽不存，然云"词"，则有曲；云"话"，则有白。其题目或似套数，或似杂剧，要之必与董解元弦索《西厢》相似。

据此看来，《灯花婆婆》等到清朝初年还存在。王先生以为这种"词话"是有曲有白的。但《灯花婆婆》既是古本《水浒》的"致语"，大概未必有"曲"。钱曾把这些作品归在"宋人词话"，"宋人"一层自然是错的了，"词话"的词字大概是平话一类的书词，未必是"曲"。故我以为这十二种词话大概多是说书的引子，与词曲无关。后来明朝的小说，如《今古奇观》，每篇正文之前往往用一件别的事作一个引子，大概这种散文的引子又是那《灯花婆婆》一类的致语的进化了。

十，六，一一。
（《胡适文存》卷三）

《水浒续集两种》序

（一）

这部《水浒续集》是合两种书作成的。一部是摘取百十五回本《水浒传》的第六十六回以后，是为《征四寇》。一部是清初陈忱作的《水浒后传》。我们的本意是要翻印《水浒后传》；但后传是接着百回本《忠义水浒传》作的，不能直接现行的七十回本。因此，我们就不能不先印行石碣发现以后的半部故事：这是《征四寇》翻印的第一个原因。《征四寇》一书，外间只有石印的劣本。这部书确是百十五回本的后半部；我们现在既知道百十五回本里不但保存了百回本里征辽和征方腊的两大部分，并且还保存了最古本里征田虎和征王庆的两大部分，那么，这部《征四寇》确也有保存流通的价值了。这是翻印《征四寇》的第二个原因。百十五回本的《水浒传》

（《英雄谱》）有许多地方用诗词或骈文来描写风景和军容，——例如此本第三十五回内写江上风景的一《萼红》（页四），和三十六回写淮西水军一段（页四），——都是今本《征四寇》所没有的。这种平话的套头还可以考见百十五回本之古，所以我们用百十五回本来校补《征四寇》，弄出这个比较完善的《征四寇》来。这是翻印《征四寇》的第三个原因。

但《征四寇》的部分，除了它的史料价值之外，却也有它自身的文学价值。我在《〈水浒传〉后考》里曾引了燕青辞主一段（《文存》三，页一七八），和宋江之死一段（《文存》三，页一六七）。现在我且引鲁智深圆寂一段：

> 却说鲁智深、武松在六和寺中安歇。是夜智深忽听江潮声响，起来持了禅杖抢出来。众僧惊问其故，智深曰："洒家听得战鼓响，俺要出去厮杀。"众僧笑曰："师父错听了。此是钱塘江上潮信响。"智深便问："怎的叫作潮信？"众僧推窗，指着潮头，对智深说曰："这潮信日夜两番来。今朝是八月十五日，子时潮来。因不失信，谓之潮信。"鲁智深看了，大悟曰："俺师父智真长老曾嘱咐俺四句偈曰，'逢夏而擒'，前日捉了夏侯成；'遇腊而执'，俺生擒方腊；'听潮而圆，见信而寂'，俺想应了此言。"便问众，

如何是圆寂。众僧曰："佛门中圆寂便是死。"智深笑道，"既死是圆寂，洒家今当圆寂，与我烧桶汤来，洒家沐浴。"众僧即去烧桶汤来。智深洗沐，换一身净衣，令军校去报宋江："来看洒家。"又写了数句偈语，去法堂焚起真香，在禅椅上，左脚踏右脚，自然而化。

及宋江引众头领来看时，智深在禅椅上不动了。看其偈曰：

平生不修善果，只爱杀人放火。忽地顿开金枷，这里扯断玉锁。钱塘江信潮来，今日方知是我。

这种写法，自不是俗手之笔。又在末回写宋徽宗在李师师家中饮酒，醉后入梦，梦游梁山泊一段：

上皇到忠义堂前下马。上皇坐定，见阶下拜伏者许多人。上皇犹豫不定。宋江向前垂泪启奏曰："臣等不曾抗拒天兵，素秉忠义。自从陛下招安，南征北讨，兄弟十中损八。臣蒙陛下命守楚州，到任以来，陛下赐以药酒，与臣服讫。臣死无怨，但恐李逵知而怀恨，辄生异心，臣亦与药酒饮死。吴用花荣亦忠义而皆来，在臣冢上俱各自缢身死。……申告陛下，始终无异，乞陛下圣鉴。"

上皇听了大惊,曰:"寡人亲差天使,御笔印封黄酒。不知何人换了药酒赐卿。……卿等有此冤屈,何不诣九重深处,显告寡人?"

宋江正待启奏,忽见李逵手把双斧,厉声叫曰:"无道昏君,听信四个贼臣,屈坏我们性命!今日既见,正好报仇!"说罢,抡起双斧,径奔上皇。天子吃这一惊,忽然觉来,乃是一梦。睁开双眼,见灯烛荧煌,李师师犹然未寝。……

这种地方都带有文学意味。

《征四寇》的内容可分六大段:

(1)梁山泊受招安的经过,——第一回至第十一回。

(2)征辽,——第十二回至第十七回。

(3)征田虎,——第十八回至第二十八回。

(4)征王庆,——第二十九回至第四十回。

(5)征方腊,——第四十一回至第四十七回。

(6)结束,——末二回。

关于这几部分的考证与批评,我在前两篇《水浒传考证》里已约略说过了。(看《文存》三,页一二四——一二六;又三,一五七——一七一)我希望读者特别注意此书中写王庆和柳世雄和高俅的关系一大段，用这一段来比较今本《水浒》第一回写高俅、王进、柳世权的关系的一段。（看《文存》三，一五九——六一）这种比较是很有益的，不但可以看出今本《水浒》的技术上的优点，还可以明了《征四寇》在"《水浒》演进史"上的位置。

我在《水浒传后考》里曾略述百二十回本《水浒传》的价值，并且指出百二十回本写田虎、王庆的部分，和百十五回本有大不相同的地方。（《文存》三，页一六四——六六）现在百十五回本已在这里保存了。今年上海涵芬楼收买到百二十回本的《水浒传》，前有"发凡"十一条，有杨定见序，与日本京都府立图书馆所藏本相同。听说此书不久也要排印出版。从此百十五回本与百二十回本都重在人间流通了，研究《水浒传》的人又可添许多比较参证的材料了。

（二）

《水浒后传》四十卷，原称"古宋遗民著，雁岩山樵评"。俞樾据沈登瀛《南浔备志》，考定此书是雁宕山樵陈忱作的。今年承顾颉刚先生代我在汪曰桢《南浔镇志》里寻出许多关于陈忱的材料，竟使我可以作陈忱的略传了。

《南浔镇志》卷十二，页二十二上云：

> 陈忱，字退心，号雁荡山樵。其先自长兴迁浔，阅数传至忱（《研志居琐录》）。读书晦藏，以卖卜自给（《范志》）。究心经史，稗编野乘无不贯穿（《董志》）。好作诗文，乡荐绅咸推重之。惜贫老以终，诗文杂著俱散佚不传（《琐录》）。

这部志的体裁最好，传记材料俱注明出处。《研志居琐录》是范颖通的，《董志》是乾隆五十一年董肇镗的《南浔镇志》，《范志》是道光二十年范来庚续修的。在《著述》一门里，有

> 陈忱　《雁宕杂著》（佚）
> 　　　《雁宕诗集》二卷（未见）

汪氏注云：

> 按《范志》，忱又有《读史随笔》。考……顺治中，秀水又有一陈忱，字用亶，甲午副贡，著《诚斋诗集》，

不出户庭，录《读史随笔》《同姓名录》诸书。……《范志》因以致误。……

《中国人名大辞典》一〇七二页上说：

陈忱，清秀水人，字退心，有《读史随笔》。这也是把南浔的陈忱和秀水的陈忱混作一个人了。

《汪志》卷三十，页十七，又云：

浔人所撰，……弹词则有陈忱《续廿一史》弹词，曲本则有陈忱《痴世界》，……演义则有……陈忱《后水浒》。此类旧志不免阑入，今悉不载。

据此看来，陈忱作的通俗文学颇不少，可惜现在只剩这部《后水浒》了。《后水浒》开篇有赵宋一代史事的长歌一首，还可以考见他的《二十一史》弹词的一部分。

《汪志》卷三十五，为《志余》，也有几段关于他的话：

（《南浔备志》）陈雁宕忱，前明遗老，韩纯玉《近诗兼逸集》以"身名俱隐"称之。生平著述并佚。惟《后水浒》一书，乃游戏之作，托宋遗民刊行。

这就是俞樾所根据的话。《后水浒》绝不是"游戏之作"，乃是很沉痛地寄托他亡国之思、种族之感的书。当时禁网很密，此种书不能不借"古宋遗民"的名字。今本《水浒后传》里还有几处可以看见著者有意托古的痕迹。第一是雁宕山樵的序末尾写"万历戊申秋杪"。万历戊申（一六〇八）在明亡之前三十五年，这明明是有意遮掩亡国之痛的。第二，是原书有"论略"六十多条，末云："遗民不知何许人。以时考之，当去施罗之世未远，或与之同时，不相为下，亦未可知。元人以填词小说为事，当时风气如此。"这竟是把此书的著作人硬装在元朝去了。第三，"论略"末又云："此藁近三百年无一知者。闻向藏括苍民家，又遭伧父改窜，几不可句读。余悬重价，久而得之。……"著者本是湖州南浔人，既自称雁宕山樵，又把此书的来源推到"括苍民间"去，使人不可捉摸。我们看他这样有心避祸，更可以明白他著书的本旨了。

《汪志》卷三十六引沈彤《震泽县志》云：

国初吾邑（震泽）之高蹈而能文者，相率为惊隐诗社,四方同志咸集。今见于叶桓奏诗稿与其他可考者,苕上……陈忱雁宕,……玉峰归庄玄恭,顾炎武宁人,……同邑吴炎赤溟,……王锡阐兆敏,潘柽章力田。……(原文列举四十余人,今仅举其稍知名者六人为例。)于时定乱已四五年;迹其始起,盖在顺治庚寅。(七年,西一六五〇,明亡后七年。)诸君以故国遗民,绝意仕进,相与腏迹林泉,优游文酒;角巾方袍,时往来于五湖三泖之间。……其后史案株连,同社有罹法者,社集遂散。(此指潘吴史案。)

这一段可见陈忱是明末遗民,绝意不仕清朝的。他的朋友多是这一类的亡国遗民。这一层很可以解释他托名"古宋遗民"的意思了。

颉刚从《汪志》里辑得陈忱的遗诗三首:

> 明陈忱敬夫。(颉刚案,据此,可知其字为敬夫。)
> 《移居西村》二首
> 流离怜杜老,还僦瀼西居。
> 水作孤村抱,门开烟柳疏。
> 裹沙移药草,带雨负残书。

世故虽多舛，南薰且晏如。

溪上云林合，茅茨落照边。
奇情负山水，杂兴托园田。
老去诗真误，贫来家屡迁。
苕西清绝处，栖逸在何年？

《过长生塔院，访沈云樵徐松之，兼呈此山师》
寺门松动影离离，纵目西郊欲雪时。
故国栖迟遗老在，新亭慷慨几人知？
愁深失计三年别，乱极犹谈一日诗。
虽是支公超物外，岁寒堂里亦低眉。

这诗里的此山和尚也是一个遗老，原姓周，名廖，字澹城；他本是一个秀才，明亡后便做了和尚。长生塔院是他为他的师父明闻募建的，遗民黄周星题岁寒堂匾额。（《汪志》卷十五）黄周星字九烟，明朝遗臣，流寓在南浔，康熙间投水死。黄周星和吕留良（晚村）往来最密，晚村的《东庄诗存》里有许多赠他的诗。内有《寄黄九烟》一诗首句云："闻道新修谐俗书，文章卖买价何如？"自注云："时在杭，为坊人著稗官书。"可见当时那一班遗民常常替书坊编小说书为糊口计。这部《水浒后传》也许是陈忱当时替书坊编的。

陈忱的生卒年月，现已不可考了。他的自序假托于一六〇八，而他们的诗社起于一六五〇；我们也许可以假定他生于万历中叶。约当一五九〇；死于康熙初年，约当一六七〇，年约八十岁。郑成功踞台湾在一六六〇年。《水浒后传》写的暹罗，似暗指郑氏的台湾，故我们假定陈忱死在康熙时。

（三）

《水浒后传》里的人物，除了几个后一辈的少年英雄之外，都是《前传》里剩余的人物。《后传》的领袖是混江龙李俊。《忠义水浒传》第九十九回曾说宋江征方腊回来，到了苏州，李俊诈称风疾不起；宋江行后，李俊和童威、童猛三人自来寻费保等；他们到榆柳庄上，把家财卖了，造了大船，多贮盐米，开出太仓港，入海，到外国去。后来李俊做了暹罗国王，童威等俱做官人（此据日本译本）。这就是《后传》里李俊做暹罗王的故事的根据。《后传》因为《前传》有这样的一段故事，故不能不认李俊为主要人物，既认了一个浔阳江上的渔户作主要人物，自不能不极力描写他一番。《后传》第九回里写李俊"不通文墨，识见却是暗合"，这便是古人描写刘邦、石勒的方法了。

但《后传》的主要人物究竟还要算浪子燕青。凡是《后传》里最重要的事业，差不多全是燕青的主谋，所以后来在暹罗国里李俊做了国王，柴进做了丞相，燕青便做了副丞相；燕青是奴仆出身，故首相不能不让给门阀光荣的柴进；然而燕青却特别加封文成侯，特赐"忠贞济美"的金印，这又可见著者对燕青的偏爱了。本来在《前传》里，燕青已立了大功，运动李师师，运动徽宗，以成招安之局，都是他的成绩。末段征方腊回来，燕青独能看透功成身退之旨，飘然远遁，留诗别宋江道：

情愿自将官诰纳，不求富贵不求荣。
身边自有君王赦，淡饭黄齑过此生。

这种地方，都可见百回本的著者早已极力描摹燕青的才能和人格；《后传》里燕青地位之高也是很自然的。

《水浒后传》是一部泄愤之书，这是著者自己在"论略"里说过的。他说：

《后传》为泄愤之书:愤宋江之忠义而见鸩于奸党,故复聚余人而救驾立功,开基创业;愤六贼之误国,而加之以流贬诛戮;愤诸贵幸之全身远害,而特表草野孤臣重围冒险;愤官宦之嚼民饱壑,而故使其倾倒宦囊,倍偿民利。

这是著者自己对于此书的意见。我们看他举出的四件事,第四事散见各回,不便详举;第一事在第三十七八回,第二事在第二十七回,第三事在第二十四回。这都是著者寄托最深,精神最贯注的地方,我们可以特别提出来,以表示这书的真价值。

(1)救国勤王的运动 《后传》描写北宋灭亡时的情形,处处都是借题发泄著者的亡国隐痛。第七回先写赵良嗣献计,联合金国,夹攻辽国;第十五回写此策之实行,写燕云的收复;第十九回写宋朝纳张毂之降,与金国开衅,金兵大举征宋。在第十九回里,徽宗传位于太子,改元靖康;呼延灼父子随梁方平出兵防黄河;次回写汪豹内应,献了隘口,呼延灼父子被困,金人长驱渡河。第二十二回里,金兵进围汴京。第二十三回写姚平仲之败,郭京法术不灵,汴京破了,二帝被掳,康王即位于南京。

以上写北宋的灭亡,虽然略加穿插,大体都不违背历史的事实。第二十五回写金人立刘豫为齐帝,大刀关胜不肯降金,刘豫要将他斩首,幸得燕青用计救了他。此事也有历史的根据。《金史·刘豫传》说:

> 关胜者,济南骁将,屡出城拒敌。豫杀胜出降。又《宋史·刘豫传》说:
> 刘豫惩前忿,遂蓄反谋,杀其将关胜,率百姓降金,百姓不从,豫缒城纳款。

又王象春《齐音》云:

> 金兵薄济南,守将关胜善用大刀,屡战兀朮。金人贿刘豫,诱胜杀之。(此据梁学昌《庭立记闻》上,页二十五引。原书未见。但梁氏说,"是胜未尝降金也,《宋史》误"。今按《宋史》并未言关胜降金,不误。)

第二十六回写饮马川的好汉李应燕青等大破刘猊的金兵。大胜之后,他们决议"去投宗留守,共建功业,完我弟兄们一生心事"。他们南行时,在黄河渡口,遇着叛臣汪豹和金国大将乌禄的大兵,打了一仗,杀败金兵,生擒汪豹,用乱箭把他射死。但宗泽已呕血死了，兀术南下，汴京再陷，饮马川的豪杰无处可投奔，只好上登云山去落草，暂作安顿。

《后传》写这班梁山泊旧人屡次想出来勤王救国，虽多是悬空造出的事实，但也不能说是完全没有根据。关胜之死于国事，是正史上有记载的。当时人心思宋，大河南北，豪杰并起，收拾败残之局，以待国家大兵，——这是宗泽、岳飞诸人所常提及的事。直到二三十年后，山东尚有耿京、辛弃疾南归的事。所以我们可以说《水浒后传》所说勤王的豪杰，虽出于虚造，却也可代表当时的人心。

众豪杰后来都到暹罗去了，但他们终不忘故国，第三十七回特写宋高宗在牡蛎滩上被金兵困住，李俊、燕青等领水师，攻破阿黑麻的兵，救了高宗。这一段故事全是虚造的，但著者似乎有意造出此段故事来表现他心里的希望。那时明永历帝流离南中，郑成功出没海上，难怪当日的遗民有牡蛎滩救驾、暹罗国酬勋的希望了。

（2）诛杀奸臣的快事　金兵围汴京时，钦宗用当时的公论，贬逐一班奸臣。《水浒后传》为省事起见，把这班贬逐的奸臣分作两组。王黼杨戬梁师成为一组，押赴播州。李纲与开封府尹聂昌商议，派勇士王铁杖跟他们去，到雍丘驿，晚上把他们都刺死了（第二十二回）。这事也有根据。《宋史·王黼传》云：

> 金兵入汴，黼不俟命，载其孥以东。诏贬为崇信军节度副使，籍其家。吴敏李纲请诛黼，事下开封尹聂山。山方挟宿怨，遣武士蹑及于雍丘南辅固村，戕之民家，取其首以献。帝以初即位，难于诛大臣，托言为盗所杀。

杨戬死于宣和三年，死时还赠太师吴国公。梁师成贬为彰化军节度副使，开封府吏护至贬所，在路上把他缢死了，以暴死奏闻，诏籍其家。这件事似乎也是聂山干的。陈忱把这三人凑在一起，把那善终的杨戬也夹在里面，好叫读者快意。

还有那蔡京、蔡攸、童贯、高俅的一组的结局，却全是陈忱想象出来的了。按《宋史》蔡京贬儋州，行至潭州病死，年八十。蔡攸贬逐后，诏遣使者随所至诛之。高俅得善终，事见宋人笔记。童贯窜英州，未至，诏数他十大罪，命监察御史张徵追至南雄，诛之，函首赴阙，枭于都市。陈忱却把这四个人合在一组，叫蔡京主张改装从小路往贬所去。不料行到了中牟县，被燕青遇见了。燕青走来对李应众人说道："偶然遇着四位大贵人，须摆个盛筵席待他。"

这个盛筵席果然摆好了。

酒过三巡，蔡京高俅举目观看，却不认得。……又饮够多时，李应道："太祖皇帝一条杆棒打尽四百军州，挣得万里江山，传之列圣。道君皇帝初登宝位，即拜太师为首相，……怎么一旦汴京失守，二帝蒙尘，两河尽皆陷没，万姓俱受灾殃？是谁之过？"

蔡京等听了，踧踖不安，想道："请我们吃酒，怎说出这大帽子的话来！"面面相觑，无言可答，起身告别。

李应道："虽然简亵，贱名还未通得，怎好就去？"唤取大杯斟上酒，亲捧至蔡京面前，说道："太师休得惊慌。某非别人，乃是梁山泊义士宋江部下扑天雕李应便是。承太师见爱，收捕济州狱中；幸得救出，在饮马川屯聚，杀败金兵；今领士卒去投宗留守，以佐中兴。不意今日相逢，请奉一杯。"……蔡京等惊得魂飞魄散，推辞不饮，只要起身。李应笑道："我等弟兄都要奉敬一杯。且请宽坐。"

接着便是王进和柴进起来数高俅的罪状。裴宣起来，舞剑作歌，歌曰：

皇天降祸兮，地裂天崩。二帝远狩兮，凛凛雪冰。奸臣播弄兮，四海离心。今夕殄灭兮，浩气一伸！

押差官起来告辞,樊瑞圆睁怪眼,倒竖虎须道:

> 你这甚么干鸟,也来讲话!我老爷们是天不怕地不怕的。这四个奸贼,不要说把我一百单八个弟兄弄得五星四散,你只看那锦绣般江山都被他弄坏,遍天豺虎,满地尸骸,二百年相传的大宋,瓦败冰消,成甚么世界!今日仇人相见,分外眼睁!……你这干鸟,若再开口,先砍你这颗狗头!

底下便是一段很庄严沉痛的文字:

> 李应叫把筵席搬开,打扫干净,摆设香案,焚起一炉香,率领众人望南拜了太祖武皇帝在天之灵,望北拜了二帝,就像启奏一般,齐声道:"臣李应等为国除奸,上报圣祖列宗,下消天下臣民积愤。"都行五拜三叩头礼。礼毕,抬过一张桌子,唤请出牌位来供在上面,却是宋公明、卢俊义、李逵、林冲、杨志的五人名号。点了香烛,众好汉一同拜了四拜,说道:"宋公明哥哥与众位英魂在上:今夜拿得蔡京、高俅、童贯、蔡攸四个奸贼在此。生前受他谋害,今日特为伸冤。望乞照鉴!"
>
> 蔡京等四人尽皆跪下,哀求道:"某等自知其罪;但

奉圣旨，去到儋州，甘受国法。望众好汉饶恕！"

李应道："……你今日讨饶，当初你饶得我们过吗？……只是石勒说得好：王衍诸人，要不可加以锋刃。前日东京破了，有人在太庙里看见太祖誓碑：'大臣有罪，勿加刑戮'，载在第三条。我今凛遵祖训，也不加兵刃，只叫你们尝尝鸩酒滋味罢！"

唤手下斟上四大碗。蔡京、高俅、童贯、蔡攸满眼流泪，颤笃速的，再不肯接。李应把手一挥，只听天崩地裂，发了三声大炮；四五千人齐声呐喊，如震山摇岳。两个伏事一个，扯着耳朵，把鸩酒灌下。

不消半刻，那蔡京等四人七窍流血，死于地下。……李应叫把尸骸拖出城外，任从鸟啄狼餐。

这一大段"中牟县除奸"的文章，在第二流小说里是绝无而仅有的。这都因为著者抱亡国的隐痛，深恨明末的贪官污吏，故作这种借题泄愤的文章。他的感情的真挚遂不自由地提高了这部书的文学价值了。

（3）黄柑青子之献　这一段是《水浒后传》里最感动人的文章。徽钦二帝被掳之后，杨林、戴宗要回到饮马川去了，燕青不肯走，说，"还有一段心事要完"。次早燕青扮作通事模样，拿出一个藤丝织就紫漆小盒儿，口上封固了，不知什么东西在里面，要杨林捧着，从北而去。他走进金兵大营里去，杨林见了那大营的军容，不觉寒抖不定；燕青神色自若，居然骗得守兵的允许，进去朝见道君皇帝。

……道君皇帝一时想不起，问："卿现居何职？"燕青道："臣是草野布衣；当年元宵佳节，万岁幸李师师家，臣得供奉，昧死陈情；蒙赐御笔，赦本身之罪，龙札犹存。"遂向身边锦袋中取出一幅恩诏，墨迹犹香，双手呈上。

道君皇帝看了，猛然想着，道："原来卿是梁山泊宋江部下。可惜宋江忠义之士，多建大功；朕一时不明，为奸臣蒙蔽，致令沉郁而亡。朕甚悼惜。若得还官，说与当今皇帝知道，重加褒封立庙，子孙世袭显爵。"

燕青谢恩，唤杨林捧过盒盘，又奏道："微臣仰觐圣颜，已为万幸。献上青子百枚，黄柑十颗，取苦尽甘来的佳谶，少展一点芹曝之意。"

齐眉献上，上皇身边只有一个老内监，接来启了封盖。道君皇帝便取一枚青子纳在口中，说道："连日朕心绪不宁，口内甚苦；得此佳品，可以解烦。"叹口气道："朝内文武官僚世受国恩，拖金曳紫；一朝变起，尽皆保惜性命,眷恋妻子,谁肯来这里省视!不料卿这般忠义!可见天下贤才杰士原不在近臣勋戚中!朕失于简用,以致于此。远来安慰。实感朕心。"命内监取过笔砚,将手中一柄金镶玉钯白纨扇儿,吊着一杖海南香雕螭龙小坠,放在红毡之上,写一首诗道:

笳鼓声中借毳茵,普天仅见一忠臣。
若然青子能回味,大赍黄柑庆万春!

写罢,落个款道:"教主道君皇帝御书"。就赐与燕青道:"与卿便面。"燕青伏地谢恩。

上皇又唤内监分一半青子黄柑:"你拿去赐与当今皇帝,说是一个草野忠臣燕青所献的。"

············

两个取路回来,离金营已远,杨林伸着舌头道:"吓死人!早知这个所在,也不同你来。亏你有这胆量!……我们平日在山寨,长骂他(皇帝)无道;今日见这般景象,连我也要落下眼泪来。"

这一大段文章,真当得"哀艳"二字的评语!古来多少历史小说，无此好文章；古来写亡国之痛的，无此好文章；古来写皇帝末路的，无此好文章！

《水浒后传》在坊间传本甚少，精刻本更不易得；但这部书里确有几段很精采的文字，要算是十七世纪的一部好小说。这就是我们现今重新印行这部书的微意了。

十二，十二，二十。
（《胡适文存二集》卷四）

百二十回本《忠义水浒传》序

一、《水浒》版本出现的小史

这三百年来,大家都读惯了金圣叹的七十一回本《水浒传》,很少人知道《水浒传》的许多古本了。《水浒传》古本的研究只是这十年内的事。十年之中,居然有许多古本出现,这是最可喜的事。

十年前(民国九年七月)我开始作《〈水浒传〉考证》的时候,我只有金圣叹的七十一回本和坊间通行而学者轻视的《征四寇》。那时候,我虽然参考了不少的旁证,我的许多结论都只可算是一些很大胆的假设,因为当时的证据实在太少了。(《胡适文存》初排本卷三,页八一一——一四六)

但我的《〈水浒传〉考证》引起了一些学者的注意,遂开了搜求《水浒传》版本的风气。我的考证出版后十个月之内,

我便收到了这些版本:

（1）李卓吾批点《忠义水浒传》百回本的第一回到第十回,日本冈岛璞翻明刻本。（一七二八年刻）

（2）《忠义水浒传》百十五回本的日文译本,冈岛璞译。（一九〇七年排印）

（3）《忠义水浒传》百十五回本,与《三国志演义》合刻,名为《英雄谱》,坊间名为《汉宋奇书》。（有熊飞的序,似初刻在崇祯末年。）

（4）百二十四回本《水浒传》。（光绪己卯,即一八七九年,大道堂藏版,有乾隆丙午年的序。）此外我还知道两种版本:

（5）百十回本《忠义水浒传》,也是与《三国志》合刻的《英雄谱》本。（日本铃木虎雄先生藏）

（6）百二十回本《忠义水浒传》,明刻本。（日本京都府立图书馆藏,有杨定见序。）

这两种我当时虽未见,却蒙日本学者青木正儿先生把它们的回目和序例都抄录了寄给我。

我有了这六种版本作根据,遂又作了一篇《〈水浒传〉后考》。（《胡适文存》初排本卷三,页一四七——一八四）这是民国十年六月的事。

民国十二年左右,我知道有三四部百二十回本《忠义水浒全书》出现，涵芬楼得了一部，我自己得了一部，还有别人收着这本子的，后来北京孔德学校收着一部精刻本，图画精致可爱。

民国十三年，李玄伯先生的侄儿兴秋在北京冷摊上得着一部百回本《忠义水浒传》。据玄伯说（《重刊忠义水浒传序》）：

> 观其墨色纸，色的是明本。且第一册图上每有新安刻工姓名，尤足证明即郭英（适按，当作郭勋。）在嘉靖年间刻于新安者。明代《水浒》面目，遂得重睹。

我不曾见着兴秋先生的原本，但此书既名《忠义水浒传》，似非郭武定的旧本，因为我们从百二十回本的发凡上知道"忠义"二字是李卓吾加上去的。新安刻工姓名，算不得证据，因为近几百年的刻图工人，要算徽州工人为最精，至今还有刻墨印的专业。故我们只能认李先生的百回本是李卓吾的《忠义水浒传》的一种本子。（玄伯的本子没有"引首"一段，只从张天师祈禳起，与日本翻刻的李卓吾本稍不同，不知是否偶阙这几页。）

玄伯先生于民国十四年把这部百回本标点排印出来，于是国中遂有百回本的重印本。（北京锡拉胡同一个李宅发行，装五册,价二元七角。)

前年商务印书馆把涵芬楼所藏的百二十回本《水浒传》也排印出来,因为我的序迟迟不能交卷,遂延到今年方才出版。

总计近年所出的《水浒传》版本,共有下列各种:

甲　七十一回本(金圣叹本)

乙　《征四寇》本(亚东图书馆《水浒续集》本)

丙　百十五回本(《英雄谱》本)

丁　百十回本(《英雄谱》本)(铃木虎雄藏)

戊　百二十四回本(胡适藏)

己　李卓吾《忠义水浒传》百回本

（1）李玄伯排印本

（2）日本冈岛璞翻刻前二十四回本

（3）日本冈岛璞译本

庚　《忠义水浒全书》百二十回本

二、十年来关于《水浒传》演变的考证

十年前我研究《水浒传》演变的历史,得着一些假设的结论,大致如下:

（1）南宋到元朝之间,民间有种种的宋江三十六人的故

事。有《宣和遗事》和龚圣与的三十六人赞可证。

（2）元朝有许多水浒故事，但没有《水浒传》。有许多元人杂剧可证。

（3）明初有一部《水浒传》出现，这部书还是很幼稚的。我们叫它作"原百回本《水浒传》"。这部书也许是罗贯中作的。

（4）明朝中业，约当弘治正德时代，另有一种七十回本《水浒传》出现。我假定这部书是用"原百回本"来重新改造过的，大致与现行的金圣叹本相同。这部书也许是"施耐庵"作的，他"施耐庵"似是改作《水浒传》者的托名。

（5）到了明嘉靖朝，武定侯郭勋家里传出一部定本《水浒传》来，有新安刻本，共一百回，我们叫作"百回郭本"。我假定这部书的前七十回全采"七十回本"。后三十回是删改"原百回本"的后半部的。"原百回本"后半有"征田虎"和"征王庆"的两大部分，郭本都删去了，却加入了"征辽国"一大段。据说旧本有"致语"，郭本也删去了。据说郭本还把阎婆事"移置"一番。这几点都是"百二十回本"的发凡里指出的郭本与旧本的不同之点。（郭本已不可得，我们只知道李卓吾的百回本。）

（6）明朝晚年有杨定见袁无涯编刻的百二十回本《忠

义水浒全书》出现。此本全采李卓吾百回本,而加入"征田虎""征王庆"两大段;但这两段都是改作之文,事实与回目皆与别本(《征四寇》、百十五回本、百十回本、百二十四回本)绝不相同;王庆的故事改变更大。

(7)到金圣叹才有七十一回本出现,没有招安和以后的事,却多卢俊义的一场梦,其他各本都没有这场梦。

(8)七十一回本通行之后,百回本与其他各本都渐渐稀少,于是书坊中人把旧本《水浒传》后半部印出单行,名为《征四寇》。我认《征四寇》是"原百回本"的后半,至少其中征田虎、王庆的两部分是"原百回本"留剩下来的。

这是我九年、十年前的见解的大致。当时《水浒》版本的研究还在草创的时期,最重要的百回本和百二十回本,我都不曾见着,故我的结论不免有错误。最大的错误是我假定明朝中叶有一部七十回本的《水浒传》。(《胡适文存》初排本卷三,页一七一——一七六)但我举出的理由终不能叫大家心服;而我这一种假设却影响到其余的结论,使我对于《水浒传》演变的历史不能有彻底的了解。

六七年来,修正我的主张的,有鲁迅先生、李玄伯先生、俞平伯先生。

鲁迅先生的主张是:

原本《水浒传》今不可得。……现存之《水浒传》，则所知者有六本，而最要者四。

一曰一百十五回本《忠义水浒传》，前署"东原罗贯中编辑"，明崇祯末与《三国演义》合刻为《英雄谱》，单行本未见。……文词蹇拙，体制纷纭，中间诗歌亦多鄙俗，甚似草创初就，未加润色者。虽非原本，盖近之矣……又有一百十回之《忠义水浒传》，亦《英雄谱》本。……别有一百二十四回之《水浒传》，文词脱略，往往难读，亦此类。

二曰一百回本……《忠义水浒传》，武定侯郭勋家所传之本，……今未见。别有本，亦一百回，有李贽序及批点，殆即出郭氏本，而改题为"施耐庵集撰，罗贯中纂修"。……文辞乃大有增删，几乎改观，除去恶诗，增益骈语，描写亦愈入细微。如述林冲雪中行沽一节，即多于百十五回本者至一倍余。

三曰百二十回本《忠义水浒全书》，亦题"施耐庵集撰，罗贯中纂修"。……全书自首至受招安，事略全同百十五回本；破辽小异，且少诗词，平田虎、王庆，则并事略亦异。而收方腊又悉同。文词与百回本几无别，特于字句稍有更定。……诗词又较多，则为刊时增入。……

发凡云:"古本有罗氏致语,相传灯花婆婆等事,既不可复见,乃后人有因'四大寇'之拘而酌损之者,有嫌一百廿回之繁而淘汰之者,皆失。郭武定本即旧本移置阎婆事,甚善。其于寇中去王田而加辽国,犹是小家照应之法,不知大手笔者正不尔尔。"是知《水浒》有古本百回,当时"既不可复见";又有旧本,似百二十回,中有"四大寇",盖谓王田方及宋江,即柴进见于白屏风上御书者。郭氏本始破其拘,削王田而加辽国,成百回;《水浒全书》又增王田,仍存辽国,复为百二十回。……然破辽故事,虑亦非始作于明。宋代外敌凭陵,国政弛废,转思草泽,盖亦人情,故或造野语以自慰;复多异说,不能合符,于是后之小说既以取舍不同而分歧,所取者又以话本非一而违异。田虎、王庆在百回本与百二十回本,名同而文迥别,殆亦由此而已。惟其后讨平方腊,则各本悉同,因疑在郭本所据旧本之前,当又有别本,即以平方腊接招安之后,如《宣和遗事》所记者,……然而证信尚缺,未能定也。

总上五本观之,知现存之《水浒传》实有两种:其一简略,其一繁缛。胡应麟(《笔丛》四十一)云:

余二十年前所见《水浒传》本,尚极足寻味。十数载来,为闽中坊贾刊落,止录事实,中间游词余韵神情寄寓处一概删之，遂不堪覆瓿。复数十年，无原本印证，此书将永废。

应麟所见本，今莫知如何。若百十五回，简本则成就殆当先于繁本，以其用字造句，与繁本每有差违，倘是删存，无烦改作也……

四曰七十回本《水浒传》。……为金人瑞字圣叹所传，自云得古本，止七十回，于宋江受天书之后，即以卢俊义梦全伙被缚于嵇叔夜终。……其书与百二十回本之前七十回无甚异，惟刊去骈语特多；百廿回本凡有"旧本去诗词之繁累"语，颇似圣叹真得古本。然文中有因删去诗词而语气遂稍参差者，则所据殆仍是百回本耳。……（《中国小说史略》，页一四一——一四八）

鲁迅先生之说，很细密周到，我很佩服，故值得详细征引。他的主张，简单说来，约有几点：

（1）《水浒》古本有两种，其原百回本在晚明已不可复见，但还有一种百二十回的旧本，中有"四大寇"，谓王、田、方及宋江。

（2）也许还有一种古本，招安之后即接叙征方腊。

（3）这些古本的真相已不可考，但百十五回本的文字"虽非原本,盖近之矣"。

(4)一百回的郭刻本与李卓吾本,删田虎、王庆两大段,而加辽国。文字大有增删,几乎改观,描写也更细密。

(5)一百二十回本的文字,与百回本几乎无分别,加入改作的田虎、王庆两大段,仍保存征辽一大段。

(6)总而言之,《水浒传》有繁本与简本两大类:百十五回本,百十回本,与百二十四回本,属于简本;百回本与百二十回本,属于繁本。明人胡应麟(生一五五一,死在一六〇〇以后。)以为简本是后起的,是闽中坊贾刊落繁本的结果。鲁迅先生则以为简本近于古本,繁本是后人修改扩大的。

(7)七十回本是金圣叹依据百回本而截去后三十回的,为《水浒传》最晚出的本子。

俞平伯先生的"论《水浒传》七十回古本的有无"(《小说月报》十九卷四号,页五〇五—五〇八),即采用鲁迅先生的主张,不承认有七十回古本。鲁迅先生曾说:

> 又简本撰人止题罗贯中,……比郭氏本出,始著耐庵,因疑施乃演为繁本者之托名,当是后起,非古本所有。

平伯承认此说,列为下表:

  简本百回　　　罗贯中
  繁本百回　　　施耐庵　罗贯中
  金本七十一回　施耐庵

平伯又指出圣叹七十一回本的特点,除掉伪作施耐庵序之外,只多了第七十一回的卢俊义的一场噩梦。平伯以为这一梦是圣叹添入的。他说:

  依适之《后考》的说法,……是各本均无此梦也。适之以为圣叹曾有的古本,岂不成为孤本乎?

李玄伯先生(宗侗)重印百回本《水浒传》时,作了一篇很有价值的《读水浒记》,其中第一节是"水浒故事的演变",很有独到的见解。玄伯先生说,水浒故事的演变,可分四个时期:

第一个时期,先有口传的故事,不久即变成笔记的水浒故事。这时期约当北宋末年以至南宋末年。玄伯说:

这种传说当然是没有系统的,在京东的注意梁山泊,在京西的注意太行山,在两浙的注意平方腊。并且各地还有他所喜爱的中心英雄。

这还是水浒故事口传的时期。这时期的经过不甚久,因为南宋时已经有了笔记的水浒故事了。

玄伯引龚圣与的宋江三十六人赞序和《宣和遗事》为证。他说:

但是那时的记载,……只是短篇的。这种本子现时固然逸失了,我却有几个间接的证据。

(一)现在《水浒传》内,常在一段大节目之后加一句"这个唤作……"。如……"这个唤作'智取生辰纲'"。大约以前有段短篇作品,唤作"智取生辰纲",所以结成长篇以后,还留了这么一句。

(二)宋江等在梁山,忽然叙写他们去打华州,似乎非常的无道理。但是我们要明白了初一步的《水浒》是短篇的,是无系统的,就可明白了这无道理的理由。上边我说过,梁山左近有梁山的水浒故事,京西有京西的水浒故事。龚圣与的赞有四处"太行"字样,足可证说宋江等起于京西的，在当时颇盛行。华州事即京西故事之一。后人想综合京东京西各种为一长篇，想将宋江从京东搬到京西，只好牵出史进被陷，……以作线索了。

玄伯又说：

这些短篇水浒故事，是与元代的杂剧同时或稍前的。元曲的水浒剧即取材于这些篇。因为它们的传说、作者、产地的不同，所以内容常异，杂剧内人物的性格也因取材的不同而不一致。

第二个时期，约在元明之间，"许多的短篇笔记，连贯成了长篇，截成一回一回的，变作章回体的长篇水浒故事"。玄伯很大胆地假定当时至少有所谓"《水浒》四传"：

第一传的事迹，约等于百回本的第一回至第八十回所包含的，就是从误走妖魔起，至招安止。

第二传是百回本的第八十回至第九十回，平辽一段。

第三传是百回本所无，征田虎王庆一段。

第四传是百回本第九十回至一百回，平方腊一段。

为什么说《水浒》四传，而不说一传呢？

重要的理由是四传内的事迹互相冲突。在短篇的时候，各种故事的产生，地点不同，流传不同，互相冲突的地方在所不免。如果当时就直接地成为一传，……自应删去冲突字句，前后照应。现在所以不如此者，恰因是经过四传分立的阶级，在合成一传则冲突者，在四传各身固不必皆冲突也。

玄伯举了几条证据，第一条即是我十年前指出王进即是王庆的化身（见《〈水浒传〉考证》及《后考》）。玄伯不信我的主张，他的解释是"两传或者同一蓝本"。第二条是我九年前指出智真和尚两次送给鲁智深的四句终身偈语，前后不同，我疑心前四句是七十回本所独有（《后考》）。玄伯说："以前大约相传有智真长老赠四句言语的这回事，两传皆窃仿罢了。"第三条证据是前传的蓼儿洼是梁山泊的一部分，而方腊传里却把蓼儿洼认为楚州南门外的一块地方。

玄伯又说：

> 即以文体而论，四传亦不甚相同，且所用地名，亦多古今的分别，皆足证明各传非一人一时之所集，更足证各传集成时的先后。前传及征方腊传，征二寇传较老，征辽

传次之。征方腊传所用宋代地名最多。……前传经后人修改处似较多。……

第三时期，约在明代，"即将《水浒》长篇故事，或二传，或三传，或四传，合成更长篇的《水浒传》。百回本即合三传（前传、征辽、征方腊。）而成，百二十回本即合四传而成者。……因为它们是分开的，自成一段，所以合二传、三传、四传，皆无不成"。

第四时期，即清初以后，"田王、征辽、方腊三传皆被删去，前传亦被删去七十一回以后的事迹，加了卢俊义的一梦，变作现行的七十回本。这种变化，完全是独出心裁。他虽假托古本，这个古本却似并未存在过"。

李玄伯先生之说，有很大胆的假设，有很细密的推论，我也很佩服，所以也详细摘抄在这里。

三、我的意见

玄伯先生的四期说，我最赞成他的第一时期。他指出最初的水浒故事是短篇的，没有系统的，不一致的，并且各地有各地最喜欢的英雄。玄伯是第一个人发现这种"地方性"，可以解决许多困难。元人杂剧里的水浒故事,便是从这种有地方性的短篇来的。

但玄伯说的第二时期,我却不敢完全赞同。他假定最早的长篇水浒故事曾经过所谓"四传"的过渡时期。他说:

> 如果当时就直接地成为一传,……自应删去冲突字句,前后照应。……

这个理由,我认为不充分。百回本是结合成一传的了,前后并不冲突,冲突的字句都删去了。百十五回本和百二十四回本也是结成一传的,其中便有前后冲突的地方,如既有王进被高俅陷害,又有王庆被高俅陷害;既有高俅投奔柳世权,又有高俅投奔柳世雄。可见冲突字句的有无,全靠改编的人的本事高低,并不关曾否经过四传的阶段。

况且四传之说,本身就很难成立。第一传从开篇语到招安,还可成一传。第二传单说征辽,第三传单记征田虎王庆,第四传单记征方腊,似乎都不能单独存在罢?如果真有这三传,它们也不过是三种短篇,与"智取生辰纲""大闹江州",有什么分别?既是独立的短篇,便应该属于玄伯所谓第一时期,不应该别立所谓第二时期了。故"四传"之说,我认为大可不必有,远不如鲁迅先生的"话本不同"说,可以免除更多的困难。

鲁迅与玄伯都主张一种"多元的"说法。鲁迅说:

> 后之小说,既以取舍不同而分歧,所取者,又以话本不同而违异。

这是说《水浒传》原本有各种"话本不同",他假定有百回古本,有述四大寇的百二十回本,又有招安之后直接平方腊之别本,又有破辽的故事,其来源也许在明以前。——这便是四种或三种长篇古本了。这个多元的长篇全传说,似乎比玄伯的"四传"说满意得多。

大概最早的长篇,颇近于鲁迅先生假定的招安以后直接平方腊的本子,既无辽国,也无王庆、田虎。这个本子可叫作"X"本。

玄伯先生也认前传与征方腊传用的地名最为近古。不但如此,征辽与征田虎、王庆三次战事都没有损失一个水浒英雄,只有征方腊一役损失过三分之二。这可见征方腊一段成立在先,后人插入的部分若有阵亡的英雄,便须大大的改动原本了。为免除麻烦起见,插入的三大段只好保全一百零八人,一个不叫阵亡。这是一种证据。征田虎、王庆时收的降将，如马灵、乔道清之流，在征方腊一役都用不着了。这也可见征方腊一段是最早的，本来没有这些人，故不能把他们安插进去。这又是一种证据。

这个"X"本，也许就是罗贯中的原本。

后来便有人误读《宣和遗事》里的"三路之寇"一句话，硬加入田虎王庆两大段，便成了一种更长的本子，也许真有百二十回之多。这个本子可叫作"Y"本。

后来又有一种本子出来，没有王庆、田虎两大段，却插入了征辽国的一大段。这个本子可叫作"Z"本。鲁迅先生疑心征辽的故事起于明以前，也许在南宋时。玄伯先生则以为征辽的一段最晚出。我想玄伯的话，似乎最近事实。

这三种古本的回数，现在已不可考了。大概"X"本不足百回，"Y"本大概在百回以外，"Z"本大概不过百回。

到了明朝嘉靖时代，武定侯郭勋家里传出一部《水浒传》，有新安刻本，有汪太函（道昆）的序，托名"天都外臣"。（此据《野获编》）汪道昆，字伯玉，嘉靖二十六年（一五四七）进士，与王世贞齐名，是当时的一个大文学家。他是徽州人，此本又刻在徽州，也许汪道昆即是这个本子的编著者。当时武定侯郭勋喜欢刻书，故此本假托为郭家所传。郭勋死在嘉靖二十八年（一五四九），也许此本刻出时，他已死了，故更容易假托。其时士大夫还不敢公然出名著作白话小说，故此本假托于"施耐庵"。这个本子，因为号称郭勋所传，故我们也称为"郭本"。

近见邓之诚先生的《骨董琐记》卷三有云：

> 闻缪艺风丈云：光绪初叶，曾以白金八两得郭本于厂肆，书本阔大，至一尺五六寸，内赤发鬼尚作尺八腿，双枪将作一直撞云。（页二二）

缪先生死后，他的藏书多流传在外，但这部郭本《水浒传》至今无人提及，不知流落在何方了。百二十回本的发凡说：

> 郭武定本，即旧本，移置阎婆事甚善，其于寇中去王田而加辽国，犹是小家照应之法，不知大手笔者正不尔尔。如本内王进开章而不复收缴，此所以异于诸小说，而为小说之圣也欤！

又说：

> 旧本去诗词之烦芜，……颇直截清明。

又说：

> 订文音字，旧本亦具有功力，然淆讹舛驳处尚多。

总以上所说，郭本可知之点如下：

（1）王进开章，与今所见各本同。

（2）移置阎婆事，不知如何移置法。

（3）去王庆、田虎二段。

（4）加辽国一段。

（5）删去诗词。

（6）有订文音字之功。

（7）据缪荃孙所见，书本阔大。其中双枪将作一直撞，还保存《宣和遗事》的旧样子；赤发鬼作尺八腿，则和龚圣与《宋江三十六人赞》相同。

我们关于郭本，所知不过如此。

胡应麟说：

> 余二十年前所见《水浒传》本，尚极足寻味。十数载来，

为闽中坊贾刊落，止录事实，中间游词余韵神情寄寓处，一概删之，遂不堪覆瓿。复数十年，无原本印证，此书将永废。

胡应麟生于一五五一年（据王世贞《石羊生传》），当嘉靖三十年。他的死年不可考，他的文集（《少室山房类藁》，有《四库全书》本，有《续金华丛书》本。）里无万历庚子（一六〇〇）以后的文字，他死时大概年约五十岁。他说的"二十年前所见《水浒传》本"，当是他少年时，约当隆庆万历之间，当西历一五七二年左右。他所见的本子，正是新安刻的所谓郭本。他说那种本子"尚极足寻味"，中间多有"游词余韵神情寄寓处"，更证以上文所引"王进开章"的话，我们可以断定郭本的文字必定和李贽批点的《忠义水浒传》百回本相差不远。

李贽（卓吾）死在万历三十年（一六〇二），年七十六。今世所传《忠义水浒传》，大概出于李贽死后。因为他爱批点杂书，故坊贾翻刻《水浒传》。也就借重这一位身死牢狱而名誉更大的名人。日本冈岛璞翻刻的《忠义水浒传》，有李贽的"读忠义水浒传序"一篇。此序虽收在《焚书》及《李氏文集》，但《焚书》与《文集》皆是李贽死后的辑本，不足为据。此如《三国演义》之有金圣叹的"外书",似是书坊选家的假托。若李氏批点本《水浒传》出在一六〇〇年以前,胡应麟藏书最多,又很推崇《水浒传》,不应该不见此本,故我疑心李氏批点本是一六〇〇年以后刻印的,大概去李氏之死不很久,约当一六〇五年左右。大概郭本流传不多,而闽中坊贾删节的本子却很盛行,当时文学家如胡应麟之流,都曾感觉惋惜,于是坊贾有翻刻郭本的必要,遂假托于李贽批点之本。试看冈岛璞翻刻本所保存的李贽批语与百二十回本的批语,差不多没有一个字相同的。如第二回,两本各有十几条眉批,但只有一条相同。两本同是所谓李贽批点本,而有这样的大不同,故我们可以断定两本同是假托于李贽的。

这种李氏百回本,大概是根据于郭本的,故我们可以从这种本子上推论郭本的性质。

郭本似是用已有的"X""Y""Z"等本子来重新改造过的。"X"本的事迹大略,似乎全采用了。"Y"本的田虎、王庆两大段,太幼稚了,太荒唐了,实在没有采用的价值。但郭本的改作者却看中了王庆被高俅陷害的一小段,所以他把这一段提出来,把王庆改作了王进,柳世雄改作了柳世权,把称王割据的王庆改作了一个神龙见首不见尾的孝子,把一段无意识的故事改作了一段最悲哀动人又最深刻的《水浒》开篇。此外，王庆和田虎的两大段便全删去了。

郭本虽根据"X""Y"等本子，但其中创作的成分必然很多。这位改作者（施耐庵或汪道昆）起手确想用全副精力作一部伟大的小说，很想放手作去，不受旧材料的拘束，故起首的四十回（从王进写到大闹江州），真是绝妙的文字。这四十回可以完全算是创作的文字，是《水浒传》最精采的部分。但作者到了四十回以后，气力渐渐不加了，渐渐地回到旧材料里去，草草地把一百零八人都挤进来，草草地招安他们，草草地送他们出去征方腊。这些部分都远不如前四十回的精采了。七十回以下更潦草的厉害，把元曲里许多幼稚的水浒故事，如李逵乔坐衙、李逵负荆、燕青射雁等等，都穿插进去。拼来凑去，还凑不满一百回。王庆、田虎两段既全删了，只好把"Z"本中篇幅较短的征辽国一段故事加进去。

故郭本和所谓李卓吾批点的百回本《水浒传》，是用"X"本事迹的全部而大加改造，加上"Z"本的征辽故事，又加上从"Y"本借来重新改造过的王进与高俅的故事作为开篇，但完全删除了王庆、田虎两大部分。

但据胡应麟所说，十六世纪的晚年，闽中坊贾刻有删节本的《水浒传》（其说引见上文）。邓之诚先生《骨董琐记》卷三引金坛王氏《小品》说：

> 此书每回前各有楔子，今俱不传。予见建阳书坊中所刻诸书，节缩纸板，求其易售，诸书多被刊削。此书亦建阳书坊翻刻时删落者。

每回前各有楔子，是不可能的事；此与周亮工《书影》所说"一百回各以妖异语冠其首"，同是以讹传讹，后文我另有讨论。王彦泓所记建阳书坊删削《水浒》事，可与胡应麟所记互相印证，同是当时人士的记载。此种删节的《水浒传》，我们现在所见的，有百十五回本，有百二十四回本；虽未见而知道的，有百十回本。这些本子都比李卓吾批点本简略的多。鲁迅先生称这些本子为"简本"，但他不信百十五回本就是胡应麟说的闽中坊贾删节本。他以为百十五回简本"文词蹇拙，体制纷纭，中间诗歌亦多鄙俗，甚似草创初就，未加润色者。虽非原本，盖近之矣"。鲁迅主张百十五回简本的成就"殆当先于繁本"，他的理由是："以其用字造句，与繁本每有差违，倘是删存，无烦改作也。"

鲁迅先生所举的理由，颇不能使我心服。他论金圣叹七十回本时，曾说：

然文中有因删去诗词而语气遂稍参差者,则所据殆仍是百回本耳。

这可见"倘是删存,无烦改作"之说不能完全成立。再试看我所得的百二十四回本,删节更厉害了,但改作之处更多。如鲁迅所引林冲雪中行沽的一段:

在百回本(日本翻明本)有六百零一字(百二十回本同)
在百十五回本　　　　有二百四十八字
在百二十四回本　　　只有一百四十一字

可见百二十四回本是删节最甚的本子,然而这个本子也有很分明的改作之处。如林冲在天王堂遇着酒生儿李小二,小二夫妻在酒店里偷听得陆虞候同管营差拨的阴谋,他们报告林冲,劝他注意,林冲因此带了刀,每日上街去寻他的仇人,以后才是接管草料场的文章。这一大段在百回本和百二十回本里都有二千字之多,在百十五回本里也有一千一百多字。但在百二十四回本里,李小二夫妻同他们的酒店都没有了。只说有一天,一个酒保来请管营与差拨吃酒,他们到了店里,见两个军官打扮的人,自称陆谦富安,把高太尉的书信给管营与差拨看了，他们定下计策，分手而去。全文只有三百五十多个字。故若添上李小二夫妻的故事，须有一千一百到二千字；若删了他们，改造一番，三百多字便够用了。这可见删节也往往正有改作的必要，故鲁迅先生"删存无烦改作"之说不能证明百十五回本之近于古本，也不能证明此种简本成于百回繁本之先。俞平伯先生也主张此说，同一错误。

今日市上最风行的每页插图的节本小说多种，专为小孩子和下层社会作的，俗名"画书"。每页上图画差不多占全页，图画上方印着四五十个字的本文，其中有《水浒传》《西游记》《薛仁贵征东》等等，删节之处最多，有时因删节上的需要，往往改动原文，以便删节。看了这些本子，便知"删存无烦改作"之说是不能成立的。

故我主张，百十回本和百二十四回本等等简本大概都是胡应麟所说的坊贾删节本；其中从误走妖魔到招安后征辽的部分，和后文征方腊到卷末，都是删节百回郭本的；其中间插入征田虎、王庆的部分，是采用百回郭本以前的旧本（上文叫作"Y"本的）。加入这两大段，又不曾删去征辽一段，便不止百回了。故有百十回到百二十四回的参差。

外面通行的"征四寇"，即是从这坊贾删节本出来的。我从前认"征四寇"是从"原百回本"出来的，那是我的误解。

四、论百二十回本

这种有田虎、王庆两段的删节本《水浒传》,自然比那些精刻的郭本李本流行更广,于是一般读者总觉得百回本少了田王两寇,像是一部不完全的《水浒传》。所以不久便有百二十回本出现,即是现在商务印书馆翻印的"出像评点《忠义水浒全书》"。因为大家感觉百回本的不完全,故这部书叫作"全书"。

这部百二十回本又叫作"新镌李氏藏本《忠义水浒全书》",卷首有"楚人凤里杨定见"的小引,自称是"事卓吾先生"的,又说"先生殁而名益尊,道益广,书益播传;即片牍单词留向人间者,靡不珍为瑶草,俨然欲倾宇内"。李贽死在万历三十年,此书之刻,当在崇祯初期,去明亡不很远了。

杨序又说,他在吴中,遇着袁无涯,遂取李贽"所批定《水浒传》"付无涯。大概杨定见是改造百二十回本的人,袁无涯是出钱刻印这书的人,可惜都不可考了。

此本有"发凡"十条,其中颇多可供考证的材料,故我在《〈水浒传〉后考》里,鲁迅先生在《中国小说史略》里,往往征引"发凡"的话。但十年以来,新材料稍稍出现,可以

证明"发凡"中的话有很不可信之处,如第六条说:

古本有罗氏致语,相传"灯花婆婆"等事,既不可复见;乃后人有因四大寇之拘而酌损之者,有嫌一百二十回之繁而淘汰之者,皆失。

这些话,十年来我们都信以为真,故我同鲁迅先生都信古本《水浒》有罗氏致语,有相传"灯花婆婆"等事,鲁迅又相信古本真有百二十回本。我现在看来,这些话都没有多大根据,杨定见并不曾见"古本",他说"古本"怎样怎样,大概都是信口开河,假托一个古本,作为他的百二十回改造本的根据而已。

罗氏致语之说,除此本"发凡"之外,还有周亮工《书影》说的:

故老传闻,罗氏《水浒传》一百回,各以妖异语冠其首。嘉靖时,郭武定重刻其书,削其致语,独存本传。

又《王氏小品》也说:

此书每回前各有楔子,今俱不传。

这都是以讹传讹的话。每回前各有妖异的致语，这是不可能的事。《水浒传》的前面有"洪太尉误走妖魔"的一段，这便是《水浒传》的"致语"。全书只有这一段"妖异语"的致语，别没有什么"灯花婆婆"等事。"灯花婆婆"的故事乃是《平妖传》的致语，其书现存，可以参证。这是因为《水浒传》和《平妖传》相传都是罗贯中作的，两书各有一段妖异的致语，后来有人记错了，遂说"灯花婆婆"的故事是古本《水浒传》的致语。后来的人更张大其词，遂说一百回各有妖异的致语了。（参看胡适《宋人话本八种序页》一一四，又页二七—三十）

至于古本有百二十回之说，也是"托古改制"的话头，不足凭信。大概古本不止一种，上文所考，"X"本无征辽及王田二寇，必没有一百回；"Y"本有王田而无辽国，"Z"本有辽国而无王田，大概至多不过在百回上下，都没有百二十回之多。坊间的删节本，始合王田二寇与辽国为一书，文字被删节了，事实却增多了，故有超过百十回的本子。杨定见改造王田二寇，文字增加不少，成为百二十回本，所以要假托古本有百二十回，以抬高其书；其实他所谓"古本"，不过是建阳书坊的删节本罢了。

百二十回本的大贡献在于完全改造旧本的田虎、王庆两大寇。原有的田虎、王庆两部分是很幼稚的，我们看《征四寇》或百十五回本，都可以知道这两部分没有文学的价值。郭本与李卓吾本都删去这两部分，大概是因为这些部分太不像样了，不值得保存。况且王庆的故事既然提出来改作了王进，后面若还保留王庆，重复矛盾的痕迹就太明显了，所以更有删除的必要。后来杨定见要想保留田虎、王庆两大段，却也感觉这两段非大大地改作过，不能保存。于是杨定见便大胆把旧有的田虎、王庆两段完全改作了。田虎一段，百十五回本和百二十回本的回目可以列为比较表如下：

百十五回本	百二十回本
（84）宿太尉保举宋江　　卢俊义分兵征讨	（91）宋公明兵渡黄河　　卢俊义赚城黑夜
（85）盛提辖举义投降　　元仲良愤激出家	（92）振军威小李广神箭　　打盖郡智多星密筹
（86）众英雄大会唐斌　　琼英郡主配张清	（93）李逵梦闹天池　　宋江兵分两路
（87）公孙胜访罗真人　　没羽箭智伏道清	（94）关胜义隆三将　　李逵莽陷众人

（88）宋江兵会苏林岭
　　孙安大战白虎关
（89）魏州城宋江祭诸将
　　石羊关孙安擒勇士
（90）卢俊义计攻狮子关
　　段景住暗认玉栏楼
（91）宋江梦中朝大圣
　　李逵异境遇仙翁
（92）道清法迷五千兵
　　宋江义释十八将
（93）卞祥卖阵平河北
　　宋江得胜转东京

（95）宋公明忠感后土
　　乔道清术败宋兵
（96）幻魔君术窘五龙山
　　入云龙兵围百谷岭
（97）陈瓘谏官升安抚
　　琼英处女做先锋
（98）张清缘配琼英
　　吴用计鸩邬梨
（99）花和尚解脱缘缠井
　　混江龙水灌太原城
（100）张清琼英双建功
　　陈瓘宋江同奏捷

　　旧本写征田虎一役，全无条理，只是无数琐碎的战阵而已。改本认定几个关键的人物，如乔道清、孙安、琼英郡主，用他们作中心，删去了许多不相干的小战阵，故比旧本精密的多多。旧本又有许多不近情理的地方，改本也都设法矫正了。试举张清匹配琼英的故事作例。旧本中此事也颇占重要的地位，但张清所以去假投降者，不过是要搭救被乔道清捉去的四将而已。改本看定张清、琼英的故事可作为破田虎的关键，故在第九三回即在李逵的梦里说出神人授与的"要夷田虎族，须谐琼矢镞"十个字，又加入张清梦中被神人引去教授琼英飞石的神话，这便是把这段姻缘提作田虎故事的中心部分了。这是一不同。

旧本既说琼英是乌利国舅的女儿，后文乔道清又说她是"田虎亲妹"：这种矛盾是很明显的。况且无论她是田虎的亲妹，或表妹，她的背叛田虎，总于她的人格有点损失，至于张清买通医士，毒死她的亲父，也未免太残忍。改本认清了此二点，故不但说琼英"原非邬梨亲生的"，并且说田虎是杀她的父母的仇人。这样一来，琼英的背叛，变成了替父母报仇，毒死邬梨也只是报仇，琼英的身份便抬高多了。这是二不同。

旧本写张清配合琼英，完全是一种军事策略，毫无情义可说。改本借安道全口中说出张清梦中见了琼英醒来，"痴想成疾"；后来琼英在阵上飞石连打宋将多人，张清听说赶到阵前，要认那女先锋，那边她早已收兵回去了，张清只得"立马怅望"。这很像受了当时风行的《牡丹亭》故事的影响，但也抬高张清的身份不少。这是三不同。

这一个故事的改作，很可以表示杨定见改本用力的方向与成绩。此外如乔道清、如孙安，性格描写上都很有进步。田虎部下的将领中有王庆，有范全，都和下文王庆故事中的王庆范全重复了,所以改本把这些人都删去了。这些地方都是进步。

王庆的故事改造更多。这是因为这里的材料比较更容易改造。田虎一段。只有征田虎的事,而没有田虎本人的历史。百十五回本叙田虎的历史,只有寥寥一百个字。百二十回本稍稍扩大了一点,也只有四百二十字。王庆个人的故事,在百十五回里,便占了四回之多,足足有一万三千多字。材料既多,改造也比较容易了。

不但如此。上文我曾指出王庆故事的原本太像王进的故事了,这分明是百回本《水浒传》的改造者(施耐庵?)把王庆的故事提出来,改成了《水浒传》的开篇。剩下的糟粕便完全抛弃了。百二十回本的改造者也看到了这一点,故他要保存王庆的故事,便不能不根本改造这一大段的故事。

原本的王庆故事的大纲如下:

(1)高俅未遇时,流落在灵璧县,曾受军中都头柳世雄的恩惠。

(2)高俅做殿前太尉时,柳世雄已升指挥使,来见高俅。高俅要报他的大恩,叫八十万禁军教头王庆把他该升补的总管之职让给柳世雄。

(3)高俅教王庆比武时让柳世雄一枪。王庆心中不愿,比枪时把柳世雄的牙齿打落。

（4）高俅怀恨，要替柳世雄报仇，亲自到十三营点名，王庆迟到，诉说家中有香桌香炉飞动进门的怪事，他打碎香桌，闪了臂膊，赎药调治，误了点名。高俅判他捏造妖言，不遵节制，斥去官职，杖二十，刺配淮西李州牢城营安置。

这是王庆故事的第一段，是他刺配淮西的原因。这段故事有几点和王进故事相像：（1）两个故事同说高俅贫贱时流落淮西；（2）高俅的恩人柳世雄，在王进故事里作柳世权，明明是一个人；（3）王庆王进同是八十万禁军教头，明明是一个人的化身；（4）王庆王进同因点名不到，得罪高俅。因为这些太相像之点，这两个故事不能同时存在，故百回本索性把王庆故事删了，故百二十回本决定把这个故事完全改作。

这一段的改本的大纲是：

（1）王庆不是八十万禁军教头，只是开封府的一个副排军，是一个赌钱宿娼的无赖。

（2）王庆在艮岳见着蔡攸的儿媳妇，是童贯的侄女，小名唤作娇秀。他们彼此留情，就勾搭上了。

（3）一日王庆醉后把娇秀的事泄漏出去，风声传到童贯耳朵里。童贯大怒。想寻罪过摆布他。

（4）他在家乘凉，一条板凳忽然四脚走动，走进门来。王庆喝声"奇怪"！一脚踢去，用力太猛，闪了胁肋，动弹不得。

（5）王庆因腰痛误了点名，被开封府府尹屈打成招，定了个捏造妖言，谋为不轨的死罪。后来童贯蔡京怕外面的议论，教府尹速将王庆刺配远恶军州。于是王庆便刺配到陕州牢城。

这里面高俅不见了，柳世雄也不见了，八十万禁军教头换成了一个副排军，于是旧本的困难都解决了。

王庆故事的第二段，在旧本里，大略如下：

（1）王庆在路上因盘费用尽，便在路口镇使棒乞钱。遇着龚端，送他银子作路费，并且给他介绍信，去投奔他的兄弟龚正。

（2）他到了四路镇龚正店里，龚正请众邻舍来，请王庆使一回棒，请众人各帮一贯钱，共聚得五百贯钱。

（3）不幸被黄达出来拦阻，要和王庆比棒，王庆赢了他，却结下了冤仇。

（4）王庆到了李州牢城，把五百贯钱上下使用，管营教他去管天王堂，每日烧香扫地。

（5）王庆因比棒打伤了本州兵马提辖张世开的妻弟庞元，结下了冤仇。张世开要替庞元报仇，把王庆调去当差，寻事叫他赔钱吃棒，预备要打他九百九十九棒。

（6）王庆吃苦不过，把张世开打死，逃出李州，在吴太公庄上教武艺。又逃到龚庞庄上，被黄达叫破，王庆把黄达打死，又逃到镇阳城去投奔他的姨兄范全。

（7）王庆在快活林使朴刀枪棒，打倒了段五虎，又打败了段三娘，段三娘便嫁了他。

（8）恰好庞元在本地做巡检，王庆记念旧仇，把他杀了，同段三娘逃上红桃山做强盗。

（9）王庆故事中处处写一个卖卦的金剑先生李杰，李杰邀了龚正弟兄来助王庆；王庆请他做军师，定下制度，占了秦州，王庆称秦王。

这段故事，人物太多，头绪纷繁，描写的技术也很幼稚。百二十回本的改作者决心把这个故事整理一番，遂变成了这个新样子：

（1）王庆刺配陕州，路过新安县，打伤了使棒的庞元，结识了龚端龚正弟兄。龚氏弟兄与黄达寻仇，王庆打伤了黄达，在龚家村住了十余日，龚正送他到陕州，上下使用了银钱，管营张世开把王庆发在单身房内，自在出入。

（2）后来张世开忽然把他唤去做买办，不但叫他天天赔钱，还时时寻事打他，前后计打了他三百余棒。王庆后来在棒疮医生处打听得张世开的小夫人便是庞元的姐姐，又知道张世开有意摆布他，代庞元报仇。王庆夜间偷进管营内室，偷听得张世开与庞元阴谋,要在棒下结果他的性命,一时怒起,遂杀了张庞二人,越城逃走了。

(3)他逃到房州,躲在表兄范全家中,用药销去了脸上的金印。有一天,段家庄的段氏弟兄接了个粉头,搭戏台唱戏,王庆也去看热闹,在戏台下赌博,和段氏弟兄争斗,又打败了段三娘。次日,段太公叫金剑先生李助去做媒,把段三娘嫁给他。成亲之夜,忽有人报到,说新安县的黄达打听得王庆的踪迹,报告房州州尹,就要来捉人了。

(4)李助给他们出主意,叫他们反上房山去做强盗。后来他们打破房州,声势浩大,打破附近南丰荆南各地。王庆自称楚王,在南丰城中建造宫殿,占了八座军州,做了草头天子。

这样大改革,人物与事实虽然大致采用原本,而内容完全变了,地理也完全改换了,描写也变细密了,事迹与人物也集中了。

百二十回本作序的杨定见自称"楚人",他知道河南、湖北、江西一带的地理,故把王庆故事原本的地理完全改变了。旧本的王庆故事说王庆占据"秦州",称"秦王"。书中可考的地名,如梁州、洮州、秦州,皆在陕西甘肃两省。这便不是"淮西"了!杨定见是湖北人,故把王庆的区域改在河南西南、湖北全境及江西的建昌一角。(看本书百五回,页四十七—八十四）所以王庆不能称"秦王"了，便改成了"楚王"。旧本的卖卦李杰是洮西人，此本也改为"荆南李助"，这也是杨定见认同乡的一证。

原本中的地名，如"天王堂"，和林冲故事的天王堂重复了，如"快活林"，和武松故事的快活林重复了，改本中都一概删改了，这也算一种进步。

改本把王庆早年故事集中在新安、陕州、房州三处，把龚端龚正放在一处，把李杰的几次卖卦删成一次，把张世开和管营相公并作一个人，把庞元和张世开并在一块被杀，把吴太公等等无关重要的人都删了。——这都是整理集中的本事。都胜于原本。

原本的王庆故事显然分作两截：王庆得罪高俅以至称王的历史自成一截。宋江征王庆的事，又自成一截。这两截各不相谋，两截中的人物也毫不相干，前截的人物如李杰，段氏兄妹，庞氏弟兄，皆不见于后截。这一点可证明李玄伯先生假定的短篇的水浒故事。大概王庆的历史一截，只是一种短篇王庆故事，本没有下文宋江征讨的结局。这个王庆本是一条好汉，可以改作梁山上的一个弟兄，也可以改作《水浒》开篇而不上梁山的王进，也可以改作与宋江等人并立的一寇。后来旧本的一种便把他改作四寇之一，又硬添上宋江征王庆的一段事。百回本的作者便把他改作王进，开篇而不结束。百十五回等本把这两种办法并入一部《水浒传》，便闹出种种矛盾和不照应的笑话来了。杨定见看出了这里面的种种短处，于是重新改作一番，把李助（李杰）、段二、段五、段三娘、龚端等人，都插入后截宋江征讨的一段里，使这个故事前后照应。这是百二十回本的大进步。

至于描写的进步，更是百二十回本远胜旧本之气。百十五回本叙王庆的历史只有一万三千字；百二十回本把事迹归并集中了，而描写却更详细了，故字数加至二万字。试举几条例子。如李杰第一次卖卦，百十五回本只有一百六十个字的记载，百二十回本便加到八百字的描写。其中有这样细腻的文字：

> ……王庆接了卦钱，对着炎炎的那轮红日，弯腰唱喏；却是疼痛，弯腰不下，好似那八九十岁老儿，硬着腰半揖半拱地兜了一兜，仰面立着祷告。……
>
> 李助摇着一把竹骨折叠油纸扇。……王庆对着李助坐地，当不的那油纸扇儿的柿漆臭，把皂罗衫袖儿掩着鼻，听他。（百二回，页十二——十三）

又如写定山堡段家庄的戏台下的情形：

那时粉头还未上台,台下四面有三四十只桌子,都有人围挤着在那里掷骰赌钱。那掷骰的名儿非止一端,乃是六风儿,五么子,火燎毛,朱窝儿。

又有那撷钱的,蹲踞在地上,共有二十余簇人。那撷钱的名儿也不止一端,乃是浑沌儿、三背间、八叉儿。

那些掷色的在那里呼么喝六,撷钱的在那里唤字叫背;或夹笑带骂,或认真厮打。那输了的,脱衣典裳,褪巾剥袜,也要去翻本。……那赢的,意气扬扬,东摆西摇,南闯北趓的寻酒头儿再做;身边便袋里,搭膊里,衣袖里,都是银钱,到后来捉本算账,原来赢不多;赢的都被把梢的、放囊的,拈了头儿去。……(百四回,页三三。)

这样细密的描写,都是旧本的王庆故事里没有的。

旧本于征王庆的一段之中,忽然插入"宋公明夜游玩景,吴学究帷幄谈兵"一回,前半宋江和卢俊义,吴用,乔道清诸人各言其志,后半吴用背诵《武侯新书》,全是文言的,迂腐的可厌。百二十回本把这一回全删去了。但征讨王庆的战事,无论如何彻底改造,总不见怎样出色;不过比旧本稍胜而已。

我在上文举的这些例子,大概可以表示百二十回本的性质了。百二十回本的改作者，大概就是作序的楚人杨定见，他想把田虎、王庆两部分提高，要使这两段可以和其他的部分相称，故极力修改田虎故事；又发愤改造王庆故事，避免了旧本里所有和百回本重复或矛盾之处，改正了地理上的错误，删除了一切潦草的、幼稚的记载（如王庆与六国使臣比枪），提高了书中主要人物的性格（如张清、琼英等），统一了本书对王庆一群人的见解（王庆在旧本里并不算小人，此本始放手把他写成一个无赖。），并且抬高了人物描写的技术。——这是百二十回本的用意和成绩。

但《水浒传》的前半部实在太好了，其他的各部分都赶不上。最末部分的，——平方腊班师以后，——还有几段很感动人的文字：如写鲁智深之死，燕青之去，宋江之死，徽宗之梦，都还有点文学的意味。百回本里的征辽一段，实在是百回本的最弱部分，毫没有精采。碣石天文以后，征辽以前，那一长段也无甚精采。征方腊的部分也不很高明。至于田虎、王庆两大段，无论是旧本，或百二十回的改本，总不能叫人完全满意。

如果《水浒传》单是一部通俗演义书，那么，百二十回的改本已可算是很成功的了。但《水浒传》在明朝晚年已成了文人共同欣赏赞叹的一部文学作品，故其中各部分的优劣，很容易引起文人的注意。后来删削《水浒传》七十回以下的人，即是最崇拜《水浒传》的金圣叹。圣叹曾说：

> 天下之文章无出《水浒》右者！

他删去《水浒》的后半部，正是因为他最爱《水浒》，所以不忍见《水浒》受"狗尾续貂"的耻辱。

也许还有时代上的原因。我曾说：

> 圣叹生在流贼遍天下的时代，眼见张献忠、李自成一班强盗流毒全国，故他觉得强盗是不可提倡的，是应该口诛笔伐的。……圣叹又亲见明末的流贼伪降官兵，后复叛去，遂不可收拾，所以他对于《宋史》侯蒙请赦宋江使讨方腊的事，大不满意，极力驳他，说他"一语有八失"；所以他又极力表章那没有招安以后事的七十回本。（《〈水浒传〉考证》）

金圣叹的文学眼光能认识《水浒》七十回以下的文笔远不如前半部，他的时代背景又使他不能赞成招安强盗的政策，所以他大胆地把七十回以下的文字全删了，又加上卢俊义的一个梦，很明显地教人知道强盗灭绝之后天下方得太平。这便是圣叹的七十一回本产生的原因。

圣叹的辩才是无敌的，他的笔锋是最能动人的。他在当日有才子之名，他的被杀又是当日震动全国的一件大惨案。他死后名誉更大，在小说批评界，他的权威直推翻了王世贞、李贽、钟惺等等有名的批评家。那部假托"圣叹外书"的《三国演义》尚且风行三百年之久，何况这部真正的圣叹评本的七十回本《水浒传》呢？无怪乎三百年来，我们只知道七十回本，而忘记了其他种种版本的存在了。

我们很感谢李玄伯先生，使我们得见百回本的真相；我们现在也很感谢商务印书馆，使许多读者得见百二十回本的真相。我个人很感谢商务印书馆要我作序，使我有机会把这十年来考证《水浒》的公案结一笔总账。万一将来还有真郭本出现的一天。我们对于《水浒传》的历史的种种假设的结论，就可以得着更有力的证实了。

一九二九，六，二十三。
（《胡适文存三集》卷五）

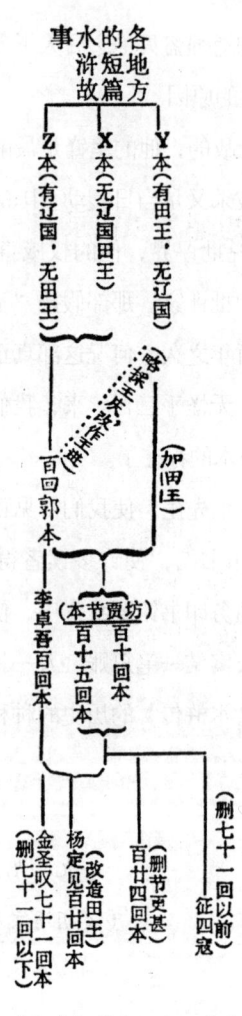

《水浒》版本源流沿革表

《介绍我自己的思想》（摘录）

我为什么要替《水浒传》作五万字的考证？我为什么要替庐山一个塔作四千字的考证？我要教人知道学问是平等的，思想是一贯的。……肯疑问"佛陀耶舍究竟到过庐山没有"的人，方才肯疑问"夏禹是神是人"。有了不肯放过一个塔的真伪的思想习惯，方才敢疑上帝的有无。

少年的朋友们，莫把这些小说考证看作我教你们读小说的文字。这些都只是思想学问的方法的一些例子。在这些文字里，我要读者学得一点科学精神，一点科学态度，一点科学方法。科学精神在于寻求事实，寻求真理。科学态度在于撇开成见，搁起感情，只认得事实，只跟着证据走。科学方法只是"大胆的假设，小心的求证"十个字。没有证据，只可悬而不断；证据不够，只可假设，不可武断；必须等到证据之后，方才奉为定论。

少年的朋友们,用这个方法来做学问,可以无大差失;用这种态度来做人处事,可以不至于被人蒙着眼睛牵着鼻子走。

从前禅宗和尚曾说,"菩提达摩东来,只要寻一个不受人惑的人"。我这里千言万语,也只是要教人一个不受人惑的方法。被孔丘朱熹牵着鼻子走,固然不算高明;被马克思列宁斯大林牵着鼻子走,也算不得好汉。我自己决不想牵着谁的鼻子走。我只希望尽我的微薄的能力,教我的少年朋友们学一点防身的本领,努力做一个不受人惑的人。抱着无限的爱和无限的希望,我很诚挚地把这一本小书贡献给全国的少年朋友!

十九,十一,廿七晨二时,将离开江南的前一日。胡适。

(《胡适文选》)

国家新闻出版广电总局
首届向全国推荐中华优秀传统文化普及图书

大家小书书目

国学救亡讲演录	章太炎 著	蒙 木 编
门外文谈	鲁 迅 著	
经典常谈	朱自清 著	
语言与文化	罗常培 著	
习坎庸言校正	罗 庸 著	杜志勇 校注
鸭池十讲（增订本）	罗 庸 著	杜志勇 编订
古代汉语常识	王 力 著	
国学概论新编	谭正璧 编著	
文言尺牍入门	谭正璧 著	
日用交谊尺牍	谭正璧 著	
敦煌学概论	姜亮夫 著	
训诂简论	陆宗达 著	
金石丛话	施蛰存 著	
常识	周有光 著	叶 芳 编
文言津逮	张中行 著	
经学常谈	屈守元 著	
国学讲演录	程应镠 著	
英语学习	李赋宁 著	
中国字典史略	刘叶秋 著	
语文修养	刘叶秋 著	
笔祸史谈丛	黄 裳 著	
古典目录学浅说	来新夏 著	
闲谈写对联	白化文 著	
汉字知识	郭锡良 著	
怎样使用标点符号（增订本）	苏培成 著	
汉字构型学讲座	王 宁 著	

诗境浅说	俞陛云 著	
唐五代词境浅说	俞陛云 著	
北宋词境浅说	俞陛云 著	
南宋词境浅说	俞陛云 著	
人间词话新注	王国维 著	滕咸惠 校注
苏辛词说	顾 随 著	陈 均 校
诗论	朱光潜 著	
唐五代两宋词史稿	郑振铎 著	
唐诗杂论	闻一多 著	
诗词格律概要	王 力 著	
唐宋词欣赏	夏承焘 著	
槐屋古诗说	俞平伯 著	
词学十讲	龙榆生 著	
词曲概论	龙榆生 著	
唐宋词格律	龙榆生 著	
楚辞讲录	姜亮夫 著	
读词偶记	詹安泰 著	
中国古典诗歌讲稿	浦江清 著	
	浦汉明 彭书麟 整理	
唐人绝句启蒙	李霁野 著	
唐宋词启蒙	李霁野 著	
唐诗研究	胡云翼 著	
风诗心赏	萧涤非 著	萧光乾 萧海川 编
人民诗人杜甫	萧涤非 著	萧光乾 萧海川 编
唐宋词概说	吴世昌 著	
宋词赏析	沈祖棻 著	
唐人七绝诗浅释	沈祖棻 著	
道教徒的诗人李白及其痛苦	李长之 著	
英美现代诗谈	王佐良 著	董伯韬 编
闲坐说诗经	金性尧 著	
陶渊明批评	萧望卿 著	

古典诗文述略	吴小如 著
诗的魅力	
——郑敏谈外国诗歌	郑 敏 著
新诗与传统	郑 敏 著
一诗一世界	邵燕祥 著
舒芜说诗	舒 芜 著
名篇词例选说	叶嘉莹 著
汉魏六朝诗简说	王运熙 著 董伯韬 编
唐诗纵横谈	周勋初 著
楚辞讲座	汤炳正 著
	汤序波 汤文瑞 整理
好诗不厌百回读	袁行霈 著
山水有清音	
——古代山水田园诗鉴要	葛晓音 著
红楼梦考证	胡 适 著
《水浒传》考证	胡 适 著
《水浒传》与中国社会	萨孟武 著
《西游记》与中国古代政治	萨孟武 著
《红楼梦》与中国旧家庭	萨孟武 著
《金瓶梅》人物	孟 超 著 张光宇 绘
水泊梁山英雄谱	孟 超 著 张光宇 绘
水浒五论	聂绀弩 著
《三国演义》试论	董每戡 著
《红楼梦》的艺术生命	吴组缃 著 刘勇强 编
《红楼梦》探源	吴世昌 著
《西游记》漫话	林 庚 著
史诗《红楼梦》	何其芳 著
	王叔晖 图 蒙 木 编
细说红楼	周绍良 著
红楼小讲	周汝昌 著 周伦玲 整理

曹雪芹的故事	周汝昌 著	周伦玲 整理		
古典小说漫稿	吴小如 著			
三生石上旧精魂				
——中国古代小说与宗教	白化文 著			
《金瓶梅》十二讲	宁宗一 著			
中国古典小说十五讲	宁宗一 著			
古体小说论要	程毅中 著			
近体小说论要	程毅中 著			
《聊斋志异》面面观	马振方 著			
《儒林外史》简说	何满子 著			
我的杂学	周作人 著	张丽华 编		
写作常谈	叶圣陶 著			
中国骈文概论	瞿兑之 著			
谈修养	朱光潜 著			
给青年的十二封信	朱光潜 著			
论雅俗共赏	朱自清 著			
文学概论讲义	老 舍 著			
中国文学史导论	罗 庸 著	杜志勇 辑校		
给少男少女	李霁野 著			
古典文学略述	王季思 著	王兆凯 编		
古典戏曲略说	王季思 著	王兆凯 编		
鲁迅批判	李长之 著			
唐代进士行卷与文学	程千帆 著			
说八股	启 功	张中行	金克木 著	
译余偶拾	杨宪益 著			
文学漫识	杨宪益 著			
三国谈心录	金性尧 著			
夜阑话韩柳	金性尧 著			
漫谈西方文学	李赋宁 著			
历代笔记概述	刘叶秋 著			

周作人概观	舒芜 著	
古代文学入门	王运熙 著	董伯韬 编
有琴一张	资中筠 著	
中国文化与世界文化	乐黛云 著	
新文学小讲	严家炎 著	
回归，还是出发	高尔泰 著	
文学的阅读	洪子诚 著	
中国文学1949—1989	洪子诚 著	
鲁迅作品细读	钱理群 著	
中国戏曲	么书仪 著	
元曲十题	么书仪 著	
唐宋八大家 ——古代散文的典范	葛晓音 选译	
辛亥革命亲历记	吴玉章 著	
中国历史讲话	熊十力 著	
中国史学入门	顾颉刚 著	何启君 整理
秦汉的方士与儒生	顾颉刚 著	
三国史话	吕思勉 著	
史学要论	李大钊 著	
中国近代史	蒋廷黻 著	
民族与古代中国史	傅斯年 著	
五谷史话	万国鼎 著	徐定懿 编
民族文话	郑振铎 著	
史料与史学	翦伯赞 著	
秦汉史九讲	翦伯赞 著	
唐代社会概略	黄现璠 著	
清史简述	郑天挺 著	
两汉社会生活概述	谢国桢 著	
中国文化与中国的兵	雷海宗 著	
元史讲座	韩儒林 著	

魏晋南北朝史稿	贺昌群 著
汉唐精神	贺昌群 著
海上丝路与文化交流	常任侠 著
中国史纲	张荫麟 著
两宋史纲	张荫麟 著
北宋政治改革家王安石	邓广铭 著
从紫禁城到故宫 ——营建、艺术、史事	单士元 著
春秋史	童书业 著
明史简述	吴 晗 著
朱元璋传	吴 晗 著
明朝开国史	吴 晗 著
旧史新谈	吴 晗 著 习 之 编
史学遗产六讲	白寿彝 著
先秦思想讲话	杨向奎 著
司马迁之人格与风格	李长之 著
历史人物	郭沫若 著
屈原研究（增订本）	郭沫若 著
考古寻根记	苏秉琦 著
舆地勾稽六十年	谭其骧 著
魏晋南北朝隋唐史	唐长孺 著
秦汉史略	何兹全 著
魏晋南北朝史略	何兹全 著
司马迁	季镇淮 著
唐王朝的崛起与兴盛	汪 篯 著
南北朝史话	程应镠 著
二千年间	胡 绳 著
论三国人物	方诗铭 著
辽代史话	陈 述 著
考古发现与中西文化交流	宿 白 著
清史三百年	戴 逸 著

清史寻踪	戴逸 著
走出中国近代史	章开沅 著
中国古代政治文明讲略	张传玺 著
艺术、神话与祭祀	张光直 著 刘静 乌鲁木加甫 译
中国古代衣食住行	许嘉璐 著
辽夏金元小史	邱树森 著
中国古代史学十讲	瞿林东 著
历代官制概述	瞿宣颖 著
宾虹论画	黄宾虹 著
中国绘画史	陈师曾 著
和青年朋友谈书法	沈尹默 著
中国画法研究	吕凤子 著
桥梁史话	茅以升 著
中国戏剧史讲座	周贻白 著
中国戏剧简史	董每戡 著
西洋戏剧简史	董每戡 著
俞平伯说昆曲	俞平伯 著 陈均 编
新建筑与流派	童寯 著
论园	童寯 著
拙匠随笔	梁思成 著 林洙 编
中国建筑艺术	梁思成 著 林洙 编
沈从文讲文物	沈从文 著 王风 编
中国画的艺术	徐悲鸿 著 马小起 编
中国绘画史纲	傅抱石 著
龙坡谈艺	台静农 著
中国舞蹈史话	常任侠 著
中国美术史谈	常任侠 著
说书与戏曲	金受申 著
世界美术名作二十讲	傅雷 著

中国画论体系及其批评	李长之 著	
金石书画漫谈	启 功 著	赵仁珪 编
吞山怀谷		
——中国山水园林艺术	汪菊渊 著	
故宫探微	朱家溍 著	
中国古代音乐与舞蹈	阴法鲁 著	刘玉才 编
梓翁说园	陈从周 著	
旧戏新谈	黄 裳 著	
民间年画十讲	王树村 著	姜彦文 编
民间美术与民俗	王树村 著	姜彦文 编
长城史话	罗哲文 著	
天工人巧		
——中国古园林六讲	罗哲文 著	
现代建筑奠基人	罗小未 著	
世界桥梁趣谈	唐寰澄 著	
如何欣赏一座桥	唐寰澄 著	
桥梁的故事	唐寰澄 著	
园林的意境	周维权 著	
万方安和		
——皇家园林的故事	周维权 著	
乡土漫谈	陈志华 著	
现代建筑的故事	吴焕加 著	
中国古代建筑概说	傅熹年 著	
简易哲学纲要	蔡元培 著	
大学教育	蔡元培 著	
	北大元培学院 编	
老子、孔子、墨子及其学派	梁启超 著	
春秋战国思想史话	嵇文甫 著	
晚明思想史论	嵇文甫 著	
新人生论	冯友兰 著	

中国哲学与未来世界哲学	冯友兰 著	
谈美	朱光潜 著	
谈美书简	朱光潜 著	
中国古代心理学思想	潘菽 著	
新人生观	罗家伦 著	
佛教基本知识	周叔迦 著	
儒学述要	罗庸 著	杜志勇 辑校
老子其人其书及其学派	詹剑峰 著	
周易简要	李镜池 著	李铭建 编
希腊漫话	罗念生 著	
佛教常识答问	赵朴初 著	
维也纳学派哲学	洪谦 著	
大一统与儒家思想	杨向奎 著	
孔子的故事	李长之 著	
西洋哲学史	李长之 著	
哲学讲话	艾思奇 著	
中国文化六讲	何兹全 著	
墨子与墨家	任继愈 著	
中华慧命续千年	萧萐父 著	
儒学十讲	汤一介 著	
汉化佛教与佛寺	白化文 著	
传统文化六讲	金开诚 著	金舒年 徐令缘 编
美是自由的象征	高尔泰 著	
艺术的觉醒	高尔泰 著	
中华文化片论	冯天瑜 著	
儒者的智慧	郭齐勇 著	
中国政治思想史	吕思勉 著	
市政制度	张慰慈 著	
政治学大纲	张慰慈 著	
民俗与迷信	江绍原 著	陈泳超 整理

政治的学问	钱端升 著	钱元强 编
从古典经济学派到马克思	陈岱孙 著	
乡土中国	费孝通 著	
社会调查自白	费孝通 著	
怎样做好律师	张思之 著	孙国栋 编
中西之交	陈乐民 著	
律师与法治	江 平 著	孙国栋 编
中华法文化史镜鉴	张晋藩 著	
新闻艺术（增订本）	徐铸成 著	
经济学常识	吴敬琏 著	马国川 编
中国化学史稿	张子高 编著	
中国机械工程发明史	刘仙洲 著	
天道与人文	竺可桢 著	施爱东 编
中国医学史略	范行准 著	
优选法与统筹法平话	华罗庚 著	
数学知识竞赛五讲	华罗庚 著	
中国历史上的科学发明（插图本）	钱伟长 著	

出版说明

"大家小书"多是一代大家的经典著作,在还属于手抄的著述年代里,每个字都是经过作者精琢细磨之后所拣选的。为尊重作者写作习惯和遣词风格、尊重语言文字自身发展流变的规律,为读者提供一个可靠的版本,"大家小书"对于已经经典化的作品不进行现代汉语的规范化处理。

提请读者特别注意。

北京出版社